印尼語
一週開口說
信不信由你,

新版

Bahasa Indonesia

繽紛外語編輯小組 總策劃
許婉琪 著

推薦序1

葉非比

駐馬來西亞台北經濟文化辦事處代表
（Taipei Economic and Cultural Office in Malaysia）
前駐印尼台北經濟貿易代表處副代表
（Taipei Economic and Trade Office, Jakarta, Indonesia）

　　印尼是東協的龍頭，與臺灣關係日益密切，學習印尼語是時代的趨勢與需要，無論旅遊、洽商或與印尼人交談等都將因此更加便利。婉琪是我的印尼語啟蒙老師，很感謝她用心生動的教學，現在我在馬來西亞，持續學習與印尼語出自同源的馬來語。欣見她再版這本深入淺出又實用有趣的《信不信由你，一週開口說印尼語！》，歡迎大家一起進入印尼語的奇妙世界！

推薦序2

黃木姻

桃園市中原國小校長
桃園市新住民語文輔導團總召集人
教育部新住民語文課綱核心委員

  在全球化與區域經濟整合的趨勢下，語言不僅是溝通的工具，更是開拓視野、提升競爭力的關鍵。東南亞作為世界經濟增長的重要動力，其中印尼憑藉其龐大市場、豐富資源及戰略地位，成為國際經貿交流與文化合作的核心國家。掌握印尼語，不僅能促進商務與貿易機會，更能深入理解印尼的文化脈絡，建立更緊密的夥伴關係。在這樣的時代背景下，許婉琪老師以其專業與熱忱，全心投入印尼語教育，為臺灣學習者開啟通往印尼語言與文化之門。

  許婉琪老師來自印尼，畢業於清華大學經濟系，具備嚴謹的學術專業與宏觀視野。她在臺灣多年，深知學習者的需求，因此能夠設計出適合臺灣學生的印尼語教材與教學方式。近年來，她積極投入印尼語教學，不僅在桃園市各國中小任教，還擔任桃園市新住民語文輔導團顧問，協助課程設計、教材編寫等，為新住民語文教育的發展貢獻心力。

  作為桃園市新住民語文輔導團的召集人，我在與婉琪老師的互動中，見證了她對印尼語教學的熱忱與專業。她不僅擔任講師，示範有效的教學策略，幫助教師提升課堂互動品質，還積極整合桃園地區印尼語

教師，建立協作機制，促使印尼語教育更具系統性與可持續性。她的努力，使更多學校能夠順利開設印尼語課程，提供學生多元學習的機會。

婉琪老師的教學風格生動活潑，擅長運用資訊科技提升學習體驗。她結合數位教材、互動遊戲及影音資源，使學習印尼語變得有趣且具體。例如，她設計的「印尼文化探險」課程，透過線上學習平台讓學生探索印尼美食、傳統服飾及節慶活動，不僅提升語言能力，更增進文化理解。學生們樂在其中，學習效果顯著。

為了讓更多人能夠學習印尼語，婉琪老師積極參與「七國新聲道」新住民語文教學影片的製作，並將影片上架至 YouTube，讓學習者隨時隨地都能進行自主學習。這些影片不僅提升了印尼語的普及性，更成為教師與學習者的重要參考教材。

此外，婉琪老師親自編撰的印尼語教材更是她多年教學經驗的結晶，該書出版後廣受好評，現已進入改版，足見其專業性與實用價值。這本書以淺顯易懂的方式編排內容，適合不同年齡層與背景的學習者，讓初學者能快速入門，進階者也能進一步精進語言能力。印尼作為東南亞最具發展潛力的經濟體之一，學習印尼語不僅能加深文化理解，更能提升職場競爭力，拓展個人發展機會。

身為一位來自印尼的新住民，婉琪老師在臺灣付出了比一般人更多的努力。她不僅要適應文化差異，還需克服語言與制度上的挑戰。然而，她不僅成功融入臺灣社會，更以其專業與熱情，積極回饋這片土地，為新住民語文教育樹立了典範。

在此，我誠摯推薦《信不信由你，一週開口説印尼語！》，也推薦許婉琪老師。她不僅是一位優秀的印尼語教師，更是一位充滿熱忱、用心耕耘的教育者。這本書的出版，為學習印尼語的讀者提供了一條明確而有效的學習途徑。語言學習的價值，在於能夠應用於生活與職場，而這本書正是通往這條道路的最佳指南。相信透過它，學習者能夠輕鬆掌握印尼語，並在未來的學習與發展中發揮更大優勢。

作者序

　　在臺灣這片多元文化的土地上，居住著超過三十萬來自東南亞的朋友們，其中印尼籍人士佔了不少的比率，成為豐富臺灣文化多樣性的寶貴資產。隨著臺灣政府積極推動的「新南向政策」，印尼語的重要性日益突顯。

　　「新南向政策」是臺灣在亞太地區發展的重要戰略，旨在加強與東南亞各國的連結。其中，區域農業發展、醫衛合作與產業鏈發展、產業人才、新南向論壇與青年交流平台、產業創新合作等「五大旗艦計畫」，和跨境電商、觀光與公共工程等「三大潛力領域」更是此政策的重點。透過這些計畫，臺灣不僅在經貿、文化、教育等領域與印尼建立了更緊密的關係，也為學習印尼語創造了更多的機會。

　　2019年，印尼語正式被列入十二年國教新住民語文課綱，這意味著印尼語教育在台臺灣的發展進入了新的里程碑。這不僅是對在臺印尼社群的尊重與肯定，更代表臺灣政府有計畫地培養更多具備多元文化素養的國際人才。

　　有感於臺灣學習印尼語的資源相對有限，加上考量到許多人苦於沒有時間學習或找不到適合的教材，我決定將自身多年的教學經驗與內容，編寫成現在在您手上的這本《信不信由你口一週開口說印尼語》。本書以實用、生活化的內容為主，搭配豐富的例句和練習，目的就是為了讓您在一週內，就能輕鬆掌握印尼語的基本溝通能力。

本書詳盡＋易學 7 大特色，相信只要這一本，只要一週，而且每天只要花一點點時間，就能輕鬆開口說印尼語。

特色 1　從零開始，誰都能學會：本書從印尼語的字母、發音、實用單字到生活會話，教學按部就班，讓你學習一次到位！

特色 2　最貼心的字母教學：全書星期一到星期四的字母教學，皆有發音重點、背背看及說說看，要你馬上學馬上會、馬上開口說！

特色 3　內容豐富多元：星期五到星期日的主題學習，涵蓋日常生活、工作、旅遊等各個層面，多元的情境可滿足所有的溝通需求。

特色 4　學習循序漸進：從基礎的詞彙和語法開始，逐步引導讀者掌握更複雜的表達方式，條理式的學習，打下扎實的根基。

特色 5　實用性強：所有例句和對話都貼近生活，讓讀者學了就能用。

特色 6　練習多元：提供各種練習，幫助讀者鞏固所學知識。

特色 7　音檔學習：邊聽邊學，讓讀者也可以跟著說出一口漂亮的印尼語！

　　期盼本書能成為您學習印尼語的敲門磚，在短時間內就能開口說印尼語，更深入了解印尼文化。

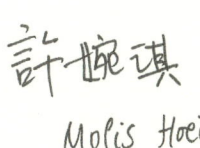

如何使用本書

學習印尼語的字母、發音、單字

Step 1

學習語言的第一步,就要從最基本的字母、發音開始!本書星期一到星期四,依序學習印尼語的單母音、雙母音、單子音、雙子音。不但學習發音重點,還搭配單字、短句,讓您現學現賣,印尼語立刻開口說!

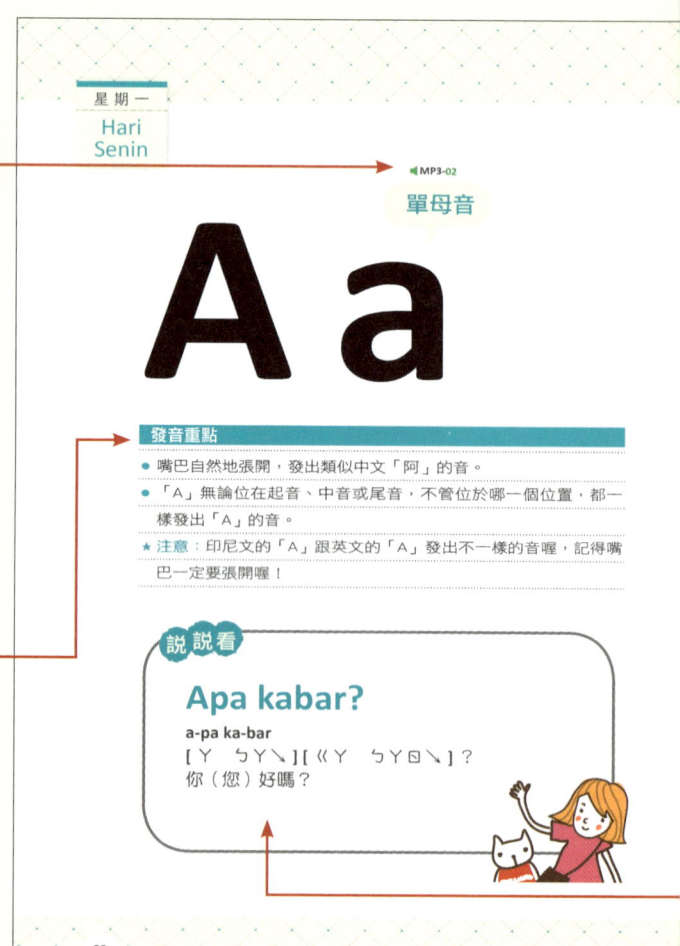

音檔序號

配合音檔學習,印尼語基本字母母音、子音、特殊發音、外來語詞彙,更快開口說!

發音重點

不僅用嘴型說明,更用注音符號搭配學習,掌握印尼語字母發音,訣竅就在這裡!

8

自我練習

每一天的學習最後，都有「發音練習」、「聽力練習」、「單詞練習」，學完一天就自我練習一次，累積印尼語實力！

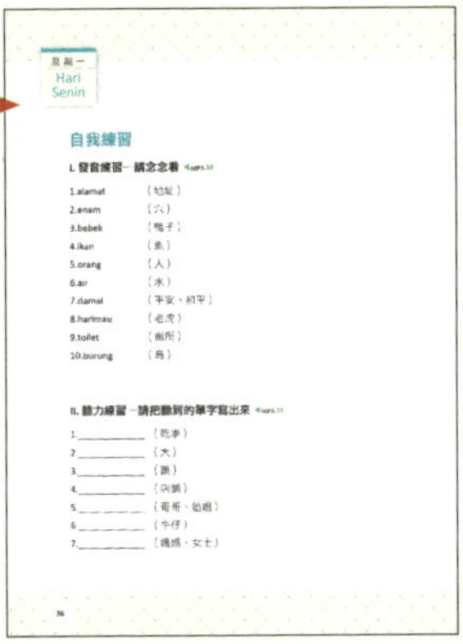

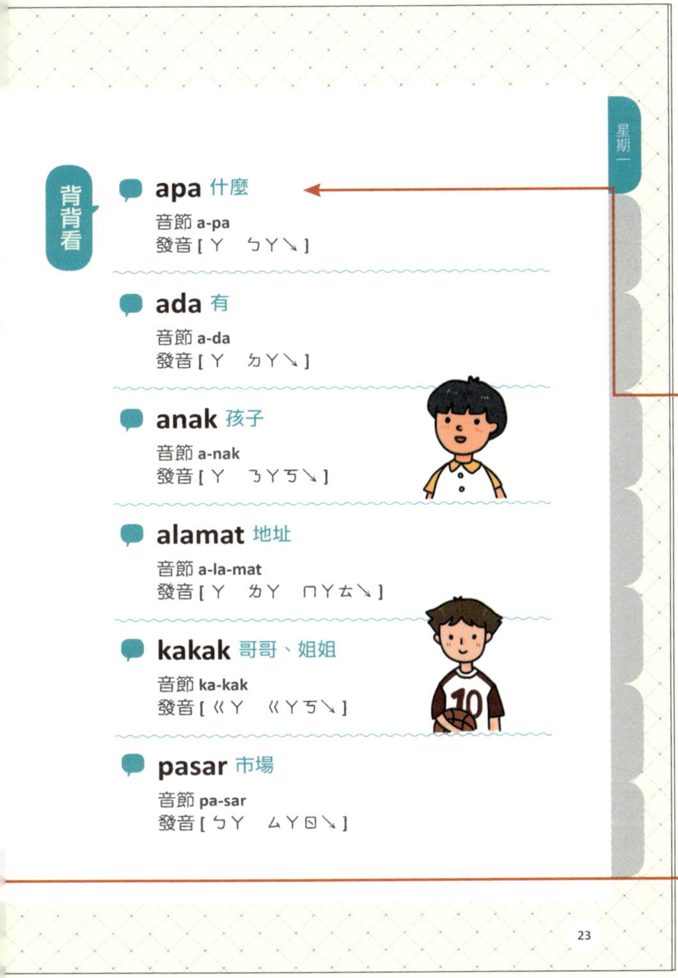

星期一

背背看

apa 什麼
音節 a-pa
發音 [Y　ㄅY╲]

ada 有
音節 a-da
發音 [Y　ㄉY╲]

anak 孩子
音節 a-nak
發音 [Y　ㄋYㄎ╲]

alamat 地址
音節 a-la-mat
發音 [Y　ㄌY　ㄇYㄊ╲]

kakak 哥哥、姐姐
音節 ka-kak
發音 [ㄍY　ㄍYㄎ╲]

pasar 市場
音節 pa-sar
發音 [ㄅY　ㄙYㄖ╲]

背背看

每學完一個基本字母，就有相關單字補充學習，詞彙量不知不覺增加了！

說說看

現學，現說！學習完一個基本字母，立即學習常用的印尼語短句！

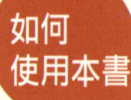

如何使用本書

學習印尼語的簡單文法、短句及會話

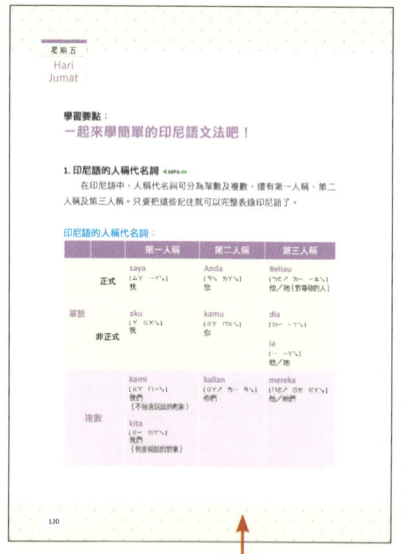

簡易文法

在進入會話單元前,先學習基礎的印尼語的文法,學習包含人稱代名詞還有所有格,原來開口說印尼語這麼簡單!

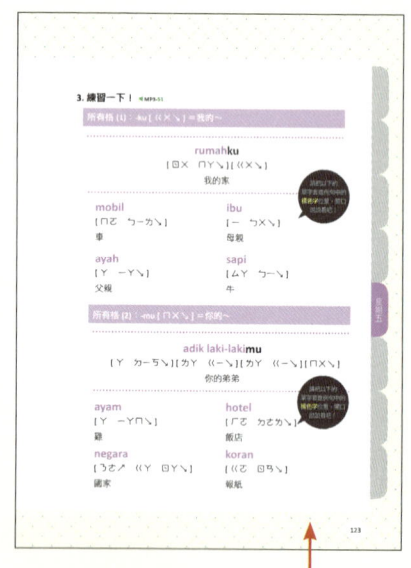

套進去說說看

每一個會話場景都有短句、單字替換練習,邊套進去邊說說看,既能熟悉短句又能學習新的單字!

學習印尼語的下一步，就是要開口說出日常生活中的常用短句。本書從星期五到星期日，共有十四個會話場景，讓您循序漸進學習印尼語。

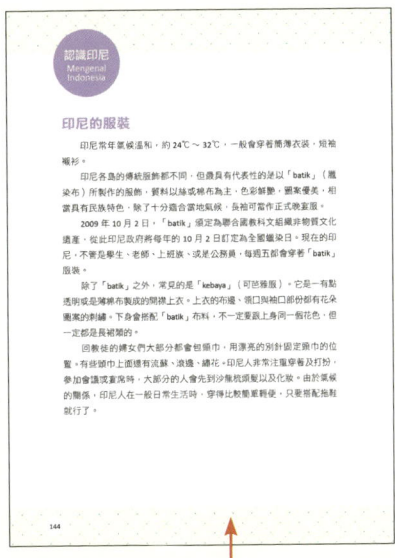

開口對話看看吧！

所有的對話，都是印尼人天天說的生活印語，您也開口說說看吧！

認識印尼

每一天學習的最後，都有一篇「認識印尼」文化小單元，學習印尼語更要了解印尼的風俗民情，您也會深深愛上印尼！

目次

P.002 推薦序 1

P.003 推薦序 2

P.006 作者序

P.008 如何使用本書

P.016 認識印度尼西亞語

星期一 Hari Senin

P.022 單母音 A、I、U、E、O

P.032 雙母音 AI、AU、OI、EI

P.040 自我練習

P.042 認識印尼：印尼的地理概況 1

星期二 Hari Selasa

P.048 單子音（清音）C、F、H、K、P、S、T

P.064 自我練習

P.066 認識印尼：印尼的地理概況 2

星期三 Hari Rabu

P.070 單子音（濁音）B、D、G、J、V、Z
P.082 自我練習
P.084 認識印尼：印尼的文化習俗

星期四 Hari Kamis

P.090 單子音 L、M、N、Q、R、W、X、Y
P.106 雙子音 SY、KH、NG、NY
P.114 自我練習
P.116 認識印尼：印尼的樂器及音樂

目次

星期五 Hari Jumat

P.120　一起來學學簡單的印尼語文法吧！

P.125　1. 問候語

P.126　2. 祝賀語

P.128　3. 打招呼

P.130　4. 自我介紹

P.136　5. 家族樹

P.142　6. 印尼語中常用之疑問句

P.144　認識印尼：印尼的服裝

星期六 Hari Sabtu

P.148　1. 數字：1、2、3

P.154　2. 購物：這～多少錢？

P.160　3. 約會：時間、場所

P.175　4. 連絡：電話號碼

P.177　認識印尼：印尼的飲食習慣

星期日 Hari Minggu

P.180 1. 去哪裡？

P.183 2. 點餐

P.189 3. 看醫生

P.195 4. 我喜歡～（興趣）

P.198 認識印尼：印尼的觀光景點

附錄

P.202 自我練習解答

如何掃描 QR Code 下載音檔

1. 以手機內建的相機或是掃描 QR Code 的 App 掃描封面的 QR Code。
2. 點選「雲端硬碟」的連結之後，進入音檔清單畫面，接著點選畫面右上角的「三個點」。
3. 點選「新增至「已加星號」專區」一欄，星星即會變成黃色或黑色，代表加入成功。
4. 開啟電腦，打開您的「雲端硬碟」網頁，點選左側欄位的「已加星號」。
5. 選擇該音檔資料夾，點滑鼠右鍵，選擇「下載」，即可將音檔存入電腦。

認識
印尼語

認識印度尼西亞語

　　印度尼西亞語 Bahasa Indonesia（別稱印尼語）是以馬來語為基礎而發展起來的，屬於南島語系（Austronesia）。過去馬來語曾經是印尼的通用語言，直到 1928 年才開始提倡「印尼語」成為印尼的統一語言，後來在 1945 年獨立時，憲法正式將印尼語（Bahasa Indonesia）定為國語（national language）。

Bahasa Indonesia 的意義：

Bahasa ＝語言，Indonesia ＝印度尼西亞（印尼）

　　印尼語在發展過程中受到許多外國及地方語言的影響，如荷蘭語、英語、阿拉伯語、漢語、葡萄牙語等語言。因此，在印尼語詞彙中可以見到不少跟這些語言很相似的詞語。直到如今，印尼語仍然不斷吸收以英文為主的外來語詞彙。

　　印尼語和馬來語除了在一些個別詞彙（vocabulary）和字母發音（pronounciation）上有所區別外，其他方面基本上相同，還可以溝通。

學習印尼語秘訣

　　印尼語算是一種簡單學習的語言，由於語法單純、沒有特別的陰陽性分類、也沒有強烈的長輩晚輩之分，所以初學者很快就能學會說印尼語。

　　學印尼語只要掌握三點就行了，那就是發音、詞彙及勇氣。把更多的詞彙背起來，就是我們這本書的目的囉。加油！

印尼語大小寫

　　印尼語的大小寫跟英文的大小寫類似。大寫字除了會出現在句子的一開始，也會出現在姓名，或者跟宗教、榮譽稱號、景點等相關的專用詞，例如：

Menteri Dalam Negeri	－內政部部長
Danau Toba	－多巴湖
Bank Indonesia	－印尼銀行
Jawa Tengah	－中爪哇
Palang Merah Indonesia	－印尼紅十字會
Anita	－安妮塔
Islam	－伊斯蘭

Apa kabar?
[ㄚ ㄅㄚˋ]
[ㄍㄚ ㄅㄚㄖˋ]?
你(您)好嗎?

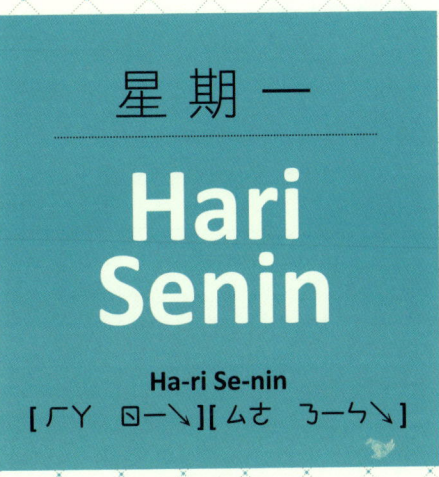

――學習內容――
單母音 A、I、U、E、O 和雙母音 AI、AU、OI、EI

――學習目標――
學好 5 個單母音和 4 個雙母音!加油!

星期一
Hari Senin

學習要點：
印尼語的字母及發音

印尼語採用拉丁文字為基本拼音文字，總共有 26 個字母，也就是大家熟悉的 26 個英文字母。雖然這些字母跟英文字母相同，不過有些字母的讀法不相同。

印尼語單詞乃由字母組合而成，而且字母就是音標。因此只要掌握字母與發音規則，就是朝開口說印尼語邁開了第一步。

印尼語字母表：

▶ MP3-01

字母	發音	字母	發音
a	【a】	n	【ɛn】
b	【bɛ】	o	【o】
c	【cɛ】	p	【pɛ】
d	【dɛ】	q	【kiu】
e	【ɛ】	r	【ɛr】
f	【ɛf】	s	【ɛs】
g	【gɛ】	t	【tɛ】
h	【ha】	u	【u】
i	【i】	v	【vɛ】
j	【jɛ】	w	【wɛ】
k	【ka】	x	【ɛks】
l	【ɛl】	y	【yɛ】
m	【ɛm】	z	【zɛt】

印尼語的 26 個字母可分成 5 個母音和 21 個子音。除了 5 個單母音（a、i、u、e、o）之外，還有 4 個雙母音（ai、au、oi、ei）。這些單母音和雙母音在單詞中可當做起音、中音和尾音。

印尼語中單個音素若按照一定的語音規則湊在一起，便可以構成音節。音節會幫助初學者發出印尼語的單詞，音節基本形式如下：

（一）單個母音　　　　　　　→ **a–pa**　＝什麼
（二）母音＋子音　　　　　　→ **an–da**　＝您
（三）子音＋母音　　　　　　→ **sa–ya**　＝我
（四）子音＋母音＋子音　　　→ **cin–ta**　＝愛

在劃分音節時，必須注意以下事項：

- 1 個子音前後是母音時，該子音做為後面母音的起音。例：**a–pa**（什麼）
- 2 個或 2 個以上單母音並列（不是雙母音）時，他們必須分別構成單獨的音節。例：**si–a–pa**（誰）
- 2 個母音之間有 2 個或 2 個以上的子音時，第一個子音作尾音，第二個子音作起音。例：**pin–tu**（門）

每一種語言都各有自己的特色，印尼語沒有特別強調音調部分，音調會隨著要表達出來的意思發出不一樣的高低音。

| 星期一
| Hari
| Senin

▶ MP3-02

單母音

發音重點

- 嘴巴自然地張開，發出類似中文「阿」的音。
- 「A」無論位在起音、中音或尾音，不管位於哪一個位置，都一樣發出「A」的音。
- ★ 注意：印尼文的「A」跟英文的「A」發出不一樣的音喔，記得嘴巴一定要張開喔！

說說看

Apa kabar?
a-pa ka-bar
[ㄚ ㄅㄚˋ][ㄍㄚ ㄅㄚㄖˋ]？
你（您）好嗎？

背背看

💬 **apa** 什麼
音節 a-pa
發音 [ㄚ ㄅㄚˋ]

💬 **ada** 有
音節 a-da
發音 [ㄚ ㄉㄚˋ]

💬 **anak** 孩子
音節 a-nak
發音 [ㄚ ㄋㄚㄎˋ]

💬 **alamat** 地址
音節 a-la-mat
發音 [ㄚ ㄌㄚ ㄇㄚㄊˋ]

💬 **kakak** 哥哥、姐姐
音節 ka-kak
發音 [ㄍㄚ ㄍㄚㄎˋ]

💬 **pasar** 市場
音節 pa-sar
發音 [ㄅㄚ ㄙㄚㄖˋ]

星期一

星期一
Hari Senin

🔊 MP3-03

單母音

發音重點

- 嘴巴平開，發出類似中文「一」的音。
- 「I」無論位在起音、中音或尾音，不管位於哪一個位置，都一樣發出「I」的音。
- ★ 注意：印尼文的「I」跟英文的「I」，發出的音是不一樣的喔！發印尼語的「I」時，記得嘴巴一定要平開！

說說看

Terima kasih.

te-ri-ma ka-sih
[ㄉㄜ ㄖㄧ ㄇㄚˋ][ㄍㄚ ㄒㄧˋ]
謝謝。

背背看

💬 **ini** 這

音節 i-ni
發音 [ㄧ　ㄋㄧˋ]

💬 **sini** 這裡

音節 si-ni
發音 [ㄒㄧ　ㄋㄧˋ]

💬 **ikan** 魚

音節 i-kan
發音 [ㄧ　ㄍㄢˋ]

💬 **gigi** 牙齒

音節 gi-gi
發音 [ㄍㄧ　ㄍㄧˋ]

💬 **mini** 迷你

音節 mi-ni
發音 [ㄇㄧ　ㄋㄧˋ]

💬 **pipi** 臉頰

音節 pi-pi
發音 [ㄅㄧ　ㄅㄧˋ]

星期一

25

星期一
Hari Senin

MP3-04

單母音

發音重點

- 嘴巴稍微往前，類似拍照嘟嘴的動作，發出類似注音「ㄨ」的音。
- 「U」無論位在起音、中音或尾音，不管位於哪一個位置，都一樣發出「U」的音。
- ★ 注意：印尼文的「U」跟英文的「U」，發出的音是不一樣的喔！發印尼語的「U」時，記得要嘟嘴喔！

説説看

Sampai jumpa.

sam-pai jum-pa
[ㄙㄚㄇˋ ㄅㄞˋ][ㄓㄨㄇˋ ㄅㄚˋ]
再見。

背背看

💬 **umur** 年齡
音節 u-mur
發音 [ㄨ　ㄇㄨㄖˋ]

💬 **usaha** 企業
音節 u-sa-ha
發音 [ㄨ　ㄙㄚ　ㄏㄚˋ]

💬 **ibu** 媽媽、女士
音節 i-bu
發音 [ㄧ　ㄅㄨˋ]

💬 **biru** 藍色
音節 bi-ru
發音 [ㄅㄧˋ　ㄖㄨˋ]

💬 **burung** 鳥
音節 bu-rung
發音 [ㄅㄨ　ㄖㄨㄥˋ]

💬 **ular** 蛇
音節 u-lar
發音 [ㄨ　ㄌㄚㄖˋ]

星期一
Hari Senin

MP3-05

單母音

E e

發音重點

- 「E」代表 2 個音素：
  1. **中低母音 [ɛ]**：嘴巴稍微張開往兩邊展開，舌頭抵住下排牙齒，發出類似注音「ㄝ」的音。
  2. **中央母音 [ə]**：嘴巴稍微張開往兩邊展開，舌頭在中間，發出類似注音「ㄜ」的音。
- 「E」母音很特別，因為代表 2 個音素，唯一能知道何時發出 [ɛ] 的音或 [ə] 的音的辦法，就是把它記起來囉！
- ★ **注意**：印尼文的「E」跟英文的「E」，發出的音是不一樣的喔！

說說看

Selamat datang.
se-la-mat da-tang
[ㄙㄜ　ㄌㄚ　ㄇㄚㄊㄝ][ㄉㄚ　ㄉㄤㄝ]
歡迎光臨。

背背看

發中低母音 [ɛ]：

💬 **enak** 好吃

音節 e-nak
發音 [ㄝ　ㄋㄚㄎˋ]

💬 **bebek** 鴨子

音節 be-bek
發音 [ㄅㄝ　ㄅㄝㄎˋ]

💬 **ember** 水桶

音節 em-ber
發音 [ㄝㄇˋ　ㄅㄝㄖˋ]

發中央母音 [ə]：

💬 **enam** 六

音節 e-nam
發音 [ㄜ　ㄋㄚㄇˋ]

💬 **emas** 黃金

音節 emas
發音 [ㄜˊ　ㄇㄚㄙˋ]

💬 **besar** 大

音節 be-sar
發音 [ㄅㄜˊ　ㄙㄚㄖˋ]

星期一

29

星 期 一
Hari Senin

🔊 MP3-06

單母音

發音重點

- 嘴巴形成圓圓的嘴型，發出類似注音「ㄛ」的音。
- 「o」無論位在起音、中音或尾音，不管位於哪一個位置，都一樣發出「o」的音。
- ★ 注意：印尼文的「o」跟英文的「o」，發出的音是不一樣的喔！印尼文的「o」比較簡潔有力！

説説看

Silakan.
si-la-kan
[ㄒㄧ　ㄌㄚ　ㄍㄢˋ]
請。

星期一

💬 **odol** 牙膏
音節 o-dol
發音 [ㄛ ㄉㄛㄌˋ]

💬 **obat** 藥
音節 o-bat
發音 [ㄛ ㄅㄚㄊˋ]

💬 **orang** 人
音節 o-rang
發音 [ㄛ ㄖㄤˋ]

💬 **toko** 店鋪
音節 to-ko
發音 [ㄉㄛ ㄍㄛˋ]

💬 **bola** 球
音節 bo-la
發音 [ㄅㄛ ㄌㄚˋ]

💬 **balon** 氣球
音節 ba-lon
發音 [ㄅㄚ ㄌㄛㄣˋ]

背背看

31

星期一
Hari Senin

🔊 MP3-07

雙母音

AI
ai

發音重點

- 「AI」就是「A」和「I」的連音，發音類似中文「唉」的音。
- 「AI」無論位在起音、中音或尾音，不管位於哪一個位置，都一樣發出「AI」的音。

說說看

Silakan masuk.

si-la-kan ma-suk

[ㄒㄧ　ㄌㄚ　ㄍㄢˋ][ㄇㄚ　ㄙㄨㄎˋ]

請進。

背背看

💬 **sampai** 到達、至

音節 sam-pai
發音 [ㄙㄚㄇˋ ㄅㄞˋ]

💬 **kaisar** 皇帝

音節 kai-sar
發音 [ㄍㄞ ㄙㄚㄖˋ]

💬 **air** 水

音節 air
發音 [ㄞㄖˋ]

💬 **damai** 平安、和平

音節 da-mai
發音 [ㄉㄚ ㄇㄞˋ]

💬 **ramai** 熱鬧

音節 ra-mai
發音 [ㄖㄚ ㄇㄞˋ]

💬 **bagaimana** 如何

音節 ba-gai-ma-na
發音 [ㄅㄚ ㄍㄞˋ ㄇㄚ ㄋㄚˋ]

星期一

33

星期一
Hari Senin

MP3-08

雙母音

AU
au

發音重點

- 「AU」就是「A」和「U」的連音，發音類似中文「ㄠ」的音。
- 「AU」無論位在起音、中音或尾音，不管位於哪一個位置，都一樣發出「AU」的音。

說說看

Silakan duduk.
si-la-kan du-duk
[ㄒㄧ　ㄌㄚ　ㄍㄢˋ][ㄉㄨ　ㄉㄨㄎˋ]
請坐。

背背看

pisau 刀子

音節 pi-sau
發音 [ㄅㄧ　ㄙㄠˋ]

danau 湖

音節 da-nau
發音 [ㄉㄚ　ㄋㄠˋ]

harimau 老虎

音節 ha-ri-mau
發音 [ㄏㄚ　ㄖㄧ　ㄇㄠˋ]

aula 禮堂

音節 au-la
發音 [ㄠ　ㄌㄚˋ]

kerbau 水牛

音節 ker-bau
發音 [ㄍㄜㄖˋ　ㄅㄠˋ]

kemarau 乾旱

音節 ke-ma-rau
發音 [ㄍㄜ　ㄇㄚ　ㄖㄠˋ]

星期一
Hari Senin

MP3-09

雙母音

OI
oi

發音重點

- 「OI」就是「O」和「I」的連音，發音類似注音「ㄛㄧ」的音。
- 「OI」無論位在起音、中音或尾音，不管位於哪一個位置，都一樣發出「OI」的音。

說說看

Silakan tunggu sebentar.
si-la-kan tung-gu se-ben-tar
[ㄒㄧ ㄌㄚ ㄍㄢˋ][ㄉㄨㄥˋ ㄍㄨ]
[ㄙㄜ ㄅㄣˋ ㄉㄚㄖˋ]
請等一下。

背背看

💬 **Oi!** 喂

需要呼叫他人時使用，一般場合不建議使用。
音節 oi
發音 [ㄛㄧˋ]！

💬 **koboi** 牛仔

音節 ko-boi
發音 [ㄍㄛ　ㄅㄛㄧˋ]

💬 **toilet** 廁所

音節 toi-let
發音 [ㄉㄛㄧˋ　ㄌㄝㄊˋ]

星期一

37

星期一
Hari Senin

MP3-10

EI
ei

雙母音

發音重點

- 「EI」就是「E」和「I」的連音，發音類似注音「ㄟ」的音。
- 「EI」無論位在起音、中音或尾音，不管位於哪一個位置，都一樣發出「EI」的音。

說說看

Silakan makan.
si-la-kan ma-kan
[ㄒㄧ ㄌㄚ ㄍㄢˋ][ㄇㄚ ㄍㄢ]
請吃。

38

背背看

💬 **eigendom** 所有權
音節 ei-gen-dom
發音 [ㄟˋㄍㄣㄉㄨㄥㄇˋ]

💬 **geiser** 噴泉
音節 gei-ser
發音 [ㄍㄟˋ ㄙㄜㄖˋ]

💬 **survei** 調查
音節 sur-vei
發音 [ㄙㄨㄖˋ ㄈㄟˋ]

星期一
Hari Senin

自我練習

I. 發音練習—請念念看 ◀ MP3-11

1. alamat （地址）
2. enam （六）
3. bebek （鴨子）
4. ikan （魚）
5. orang （人）
6. air （水）
7. damai （平安、和平）
8. harimau （老虎）
9. toilet （廁所）
10. burung （鳥）

II. 聽力練習—請把聽到的單字寫出來 ◀ MP3-11

1. _____ （乾季）
2. _____ （大）
3. _____ （藥）
4. _____ （店鋪）
5. _____ （哥哥、姐姐）
6. _____ （牛仔）
7. _____ （媽媽、女士）

8._____（到達、至）
9._____（藍色）
10._____（年齡）

III. 單詞練習─連連看 MP3-12

ular

kerbau

bola

gigi

emas

odol

balon

pisau

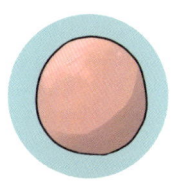

41

認識印尼
Mengenal Indonesia

＜印尼的地理概況 1 ＞

　　印度尼西亞又稱印尼，為東南亞國家之一。印尼約由 17,000 多個大大小小的島嶼所組成，是全世界最大的群島國家，有「千島之國」的別稱。印尼人口約 2.8 億，為世界上人口第四多的國家。國會代表及總統皆由選舉產生。

　　為促進印尼區域均衡發展，印尼政府在 2019 年開始進行遷都計畫來緩解環境危機及減少貧富差距，將首都從雅加達遷至婆羅洲東加里曼丹省，並將新首都命名為「努山打拉」（Nusantara）。

　　印尼歷年來的統治者因逐步吸收外國文化、宗教及政治型態，曾出現興盛的佛教及印度教王國。而後外國勢力因印尼豐富的天然資源而進入印尼，穆斯林商人帶入伊斯蘭教，歐洲勢力則帶來了基督教。

　　由於印尼島嶼遍布，所以國內有數百個不同的民族及語言，其中的爪哇族是最大的族群，他們同時在政治上有主導地位。國家語言和種族的多樣性、穆斯林占多數人口、被殖民歷史及反抗被殖民等都成為了印尼人的共同身分。印尼的國家格言「Bhinneka Tunggal Ika」（聯合眾人）闡明了這個國家的多樣性及型態。

星期一

印尼的地理位置

印尼的全國地圖

Terima kasih.
[ㄊㄜ ㄖㄧ ㄇㄚˋ]
[ㄍㄚ ㄒㄧˋ]
謝謝。

星期二

Hari Selasa

Ha-ri Se-la-sa
[ㄏㄚ ㄖㄧˋ]
[ㄙㄜ ㄌㄚ ㄙㄚˋ]

— 學習內容 —

單子音（清音）
C、F、H、K、P、S、T

— 學習目標 —

學好7個單子音（清音）！加油！

星期二
Hari Selasa

學習要點：

　　印尼語總共有 26 個字母，在第一天大家已經學會了 5 個母音和 4 個雙母音。接下來還有 21 個子音將會一一介紹給大家認識。印尼語的單詞需要由母音和子音共同組成。就像母音一樣，在單詞中子音也會在起音、中音及尾音出現。但是需要注意的是，若子音出現在尾音時，往往不會有很明顯的發音，甚至有時嘴巴只需要閉起來，不用發出聲音。

　　另外，印尼語的子音，有所謂無聲的「清音」和有聲的「濁音」之分。印尼語的清音和濁音分得很清楚，因此需要特別留意。今天會帶大家先認識 7 個清音的單子音「C、F、H、K、P、S、T」。

　　清音和濁音的差別就在於聲帶的振動。發清音時聲帶不振動，而發濁音時聲帶要振動。還有，印尼語中有一些成對的清濁音，如清子音 F、K、P、S、T，其相對應濁子音為 V、G、B、Z、D。在第三天，將帶著大家更深入地認識濁子音。

印尼語子音表：

		雙唇音	雙齒音	舌尖中音
塞音	清	p【pɛ】		t【tɛ】
	濁	b【bɛ】		d【dɛ】
鼻音		m【ɛm】		n【ɛn】
擦音	清		f【ɛf】	s【ɛs】
	濁		v【vɛ】	z【zɛt】
顫音				r【ɛr】
邊音				l【ɛl】
半母音		w【wɛ】		
塞擦音	清			
	濁			

		舌面中音	舌根音	混合舌葉音	喉音
塞音	清		k【ka】		
	濁		g【gɛ】		
鼻音		ny【ɲ】	ng【ŋ】		
擦音	清	sy【ç】	kh【x】		h【ha】
	濁				
顫音					
邊音					
半母音		y【yɛ】			
塞擦音	清			c【cɛ】	
	濁			j【jɛ】	

※ 注意！

q 字母的詞彙很少，通常用在回教的一些專有名詞。

x 字母也非常少，而且大多數屬於外來詞。

星期二
Hari Selasa

🔊 MP3-14

Cc

單子音（清音）

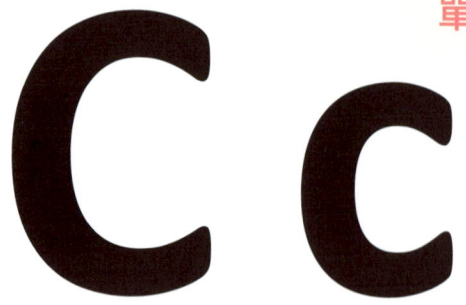

發音重點

- 嘴型扁平的，輕輕的發出類似注音「ㄗㄝ」的音。

★ 註：在以下單詞，「C」會發出類似注音「ㄙㄝ」的音，例如：

AC (air condition) 冷氣發音 [ㄚ　ㄙㄝ]

WC (water closet) 廁所發音 [ㄨㄝ　ㄙㄝ]

拼拼看

ca, ci, cu, ce, co

ca 發出類似注音「ㄗㄚ」的音、ci 發出類似注音「ㄐㄧ」的音
cu 發出類似注音「ㄗㄨ」的音、ce 發出類似注音「ㄗㄝ」的音
co 發出類似注音「ㄗㄛ」的音

說說看

Aku cinta kamu.

a-ku cin-ta kamu
[ㄚ　ㄍㄨˋ][ㄐㄧㄣˋ　ㄉㄚˋ][ㄍㄚ　ㄇㄨˋ]
我愛你。

48

背背看

cari 找
音節 ca-ri
發音 [ㄗㄚ ㄖㄧˋ]

cantik 漂亮
音節 can-tik
發音 [ㄗㄢˋ ㄉㄧㄎˋ]

cinta 愛、愛情
音節 cin-ta
發音 [ㄐㄧㄣˋ ㄉㄚˋ]

cepat 快速
音節 ce-pat
發音 [ㄗㄜ ㄅㄚㄠˋ]

cuci 洗
音節 cu-ci
發音 [ㄗㄨ ㄐㄧˋ]

contoh 樣本、例子
音節 con-toh
發音 [ㄗㄛㄣˋ ㄉㄛˋ]

星期二

49

星期二
Hari Selasa

🔊 MP3-15

F f

單子音（清音）

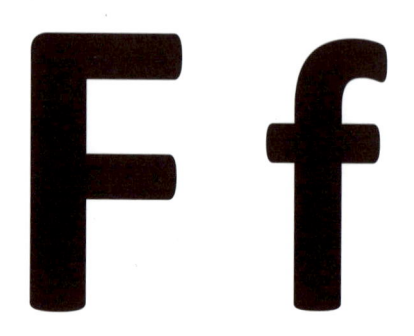

發音重點

- 嘴型扁平輕輕的發出類似注音「ㄝ」的音，接著透過雙齒間發出短短類似注音「ㄈ」的音。
- 唸法跟英文的「F」一模一樣！
- 「F」在尾音時則不發音，嘴型就像在吹蠟燭時一樣。
- 「F」幾乎使用在外來語。
- 「F」和「V」在單詞發音時聽起來很像，但其實是不一樣的！因為「F」的發音比「V」還輕。

拼拼看

fa, fi, fu, fe, fo

fa 發出類似注音「ㄈㄚ」的音、fi 發出類似注音「ㄈㄧ」的音
fu 發出類似注音「ㄈㄨ」的音、fe 發出類似注音「ㄈㄝ」的音
fo 發出類似注音「ㄈㄛ」的音

說說看

Selamat Idulfitri.

se-la-mat i-dul fit-ri

［ㄙㄜ　ㄌㄚ　ㄇㄚㄊˋ］
［ㄧ　ㄉㄨㄌˋ　ㄈㄧㄊˋ　ㄖㄧˋ］

新年快樂。（指回教新年）

背背看

fakta 事實
音節 **fak-ta**
發音 [ㄈㄚㄎˋ ㄉㄚˋ]

definisi 定義
音節 **de-fi-ni-si**
發音 [ㄉㄜ ㄈㄧˊ ㄋㄧ ㄒㄧˋ]

fungsi 功能
音節 **fung-si**
發音 [ㄈㄨㄥˋ ㄒㄧˋ]

fenomena 現象
音節 **fe-no-me-na**
發音 [ㄈㄝ ㄋㄛˊ ㄇㄝ ㄋㄚˋ]

foto 照片
音節 **fo-to**
發音 [ㄈㄛ ㄉㄛˋ]

huruf 字
音節 **hu-ruf**
發音 [ㄏㄨ ㄖㄨㄈˋ]

星期二

星期二
Hari Selasa

MP3-16

單子音（清音）

H h

發音重點

- 嘴巴張開，從喉嚨用力的發出類似注音「ㄏㄚ」的音。
- 「H」在尾音時，不發音但有氣音。

拼拼看

ha, hi, hu, he, ho

ha 發出類似注音「ㄏㄚ」的音、hi 發出類似注音「ㄏㄧ」的音
hu 發出類似注音「ㄏㄨ」的音、he 發出類似注音「ㄏㄝ」的音
ho 發出類似注音「ㄏㄛ」的音

說說看

Selamat ulang tahun.
se-la-mat u-lang ta-hun
[ㄙㄜ　ㄌㄚ　ㄇㄚㄊˋ]
[ㄨ　ㄌㄤˋ][ㄌㄚ　ㄏㄨㄣˋ]
生日快樂。

背背看

harga 價格
音節 har-ga
發音 [ㄏㄚㄖ　ㄍㄚˋ]

hilang 不見
音節 hi-lang
發音 [ㄏㄧ　ㄌㄤˋ]

hujan 下雨
音節 hu-jan
發音 [ㄏㄨ　ㄓㄢˋ]

hemat 省錢、節儉
音節 he-mat
發音 [ㄏㄝ　ㄇㄚㄊˋ]

bohong 說謊
音節 bo-hong
發音 [ㄅㄛ　ㄏㄛㄥˋ]

rumah 房子
音節 ru-mah
發音 [ㄖㄨ　ㄇㄚˋ]

星期二

53

星期二
Hari Selasa

🔊 MP3-17

K k

單子音（清音）

發音重點

- 嘴巴張開，從舌根輕輕的發出類似注音「ㄍㄚ」的音。
- 「K」的位置在尾音時，不用發出音，舌根往上碰到軟顎，發出喉門音。

拼拼看

ka , ki , ku , ke , ko

ka 發出類似注音「ㄍㄚ」的音、ki 發出類似注音「ㄍㄧ」的音
ku 發出類似注音「ㄍㄨ」的音、ke 發出類似注音「ㄍㄝ」的音
ko 發出類似注音「ㄍㄛ」的音

說說看

Selamat hari Natal.

se-la-mat ha-ri na-tal
［ㄙㄜ　ㄌㄚ　ㄇㄚㄊˋ］
［ㄏㄚ　ㄖㄧˋ］［ㄋㄚˋ　ㄌㄚㄌˋ］
聖誕節快樂。

背背看

💬 **kaya** 富有

音節 ka-ya
發音 [ㄍㄚ 一ㄚˋ]

💬 **kita** 我們

音節 ki-ta
發音 [ㄍ一 ㄉㄚˋ]

💬 **kecap** 醬油

音節 ke-cap
發音 [ㄍㄝ ㄗㄚㄆˋ]

💬 **koran** 報紙

音節 ko-ran
發音 [ㄍㄛ ㄖㄢˋ]

💬 **kursi** 椅子

音節 kur-si
發音 [ㄍㄨㄖˋ ㄒ一ˋ]

💬 **baik** 好

音節 ba-ik
發音 [ㄅㄚ 一ㄎˋ]

星期二
Hari Selasa

🔊 MP3-18

P p

單子音（清音）

發音重點

- 嘴型扁平，輕輕地發出類似注音「ㄅㄝ」的音。
- 「P」在尾音時，則不發音，嘴型是閉起來的。
- 「P」和「B」用印尼語發音時雖然聽起來很像，但其實不一樣喔！

拼拼看

pa, pi, pu, pe, po

pa 發出類似注音「ㄅㄚ」的音、pi 發出類似注音「ㄅㄧ」的音
pu 發出類似注音「ㄅㄨ」的音、pe 發出類似注音「ㄅㄝ」的音
po 發出類似注音「ㄅㄛ」的音

說說看

Selamat Tahun Baru.

se-la-mat ta-hun ba-ru
[ㄙㄜ　ㄉㄚ　ㄇㄚㄊˋ]
[ㄉㄚ　ㄏㄨㄣˋ][ㄅㄚ　ㄖㄨˋ]
新年快樂。

panas 熱
音節 pa-nas
發音 [ㄅㄚ ㄋㄚㄙˋ]

sapi 黃牛
音節 sa-pi
發音 [ㄙㄚ ㄅㄧˋ]

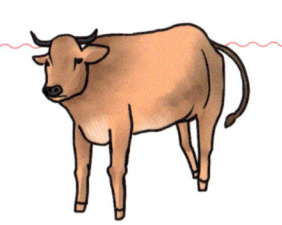

pulang 回家
音節 pu-lang
發音 [ㄅㄨ ㄉㄤˋ]

pergi 去
音節 per-gi
發音 [ㄅㄜㄖˋ ㄍㄧˋ]

polisi 警察
音節 po-li-si
發音 [ㄅㄛˊ ㄉㄧ ㄒㄧˋ]

tutup 關閉
音節 tu-tup
發音 [ㄉㄨ ㄉㄨㄆˋ]

星期二
Hari Selasa

MP3-19

S s

單子音（清音）

發音重點

- 嘴型扁平，輕輕地發出類似注音「ㄙㄟ」的音之後，再接著發出類似注音「ㄙ」的音。
- 發音跟英文的「s」一模一樣！
- 「s」的位置在尾音時，只要發出類似注音「ㄙ」的音。

拼拼看

sa, si, su, se, so

sa 發出類似注音「ㄙㄚ」的音、si 發出類似注音「ㄒㄧ」的音
su 發出類似注音「ㄙㄨ」的音、se 發出類似注音「ㄙㄟ」的音
so 發出類似注音「ㄙㄛ」的音

說說看

panjang umur
pan-jang u-mur
[ㄅㄢ ㄓㄤˋ][ㄨ ㄇㄨㄖˋ]
長命百壽

背背看

salon 沙龍
音節 sa-lon
發音 [ㄙㄚ ㄌㄛㄣˋ]

sibuk 忙碌
音節 si-buk
發音 [ㄒㄧ ㄅㄨㄎˋ]

suka 喜歡
音節 su-ka
發音 [ㄙㄨ ㄍㄚˋ]

sehat 健康
音節 se-hat
發音 [ㄙㄝ ㄏㄚㄊˋ]

sopan 禮貌
音節 so-pan
發音 [ㄙㄛ ㄅㄢˋ]

tas 包
音節 tas
發音 [ㄉㄚㄙˋ]

星期二

星期二
Hari Selasa

🔊 MP3-20

T t

單子音（清音）

發音重點

- 嘴型扁平，輕輕地咬住舌尖，發出類似注音「ㄉㄝ」的音。
- 「T」的位置在尾音時，則不用發音，但舌尖位置要在牙齒的上下之間。
- 「T」和「D」用印尼語發音時雖然聽起來很像，但其實不一樣喔！

拼拼看
ta, ti, tu, te, to

ta 發出類似注音「ㄉㄚ」的音、ti 發出類似注音「ㄉㄧ」的音
tu 發出類似注音「ㄉㄨ」的音、te 發出類似台語茶「ㄉㄝ」的音
to 發出類似注音「ㄉㄛ」的音

說說看

Turut berdukacita.
tu-rut ber-du-ka-ci-ta
[ㄉㄨ　ㄖㄨㄊˋ][ㄅㄜㄖ　ㄉㄨ　ㄍㄚˋ　ㄐㄧ　ㄉㄚˋ]
節哀順變。

60

背背看

💬 **tahun** 年
音節 ta-hun
發音 [ㄉㄚ　ㄏㄨㄣˋ]

💬 **tidur** 睡覺
音節 ti-dur
發音 [ㄉㄧ　ㄉㄨㄖˋ]

💬 **tulis** 寫
音節 tu-lis
發音 [ㄉㄨ　ㄉㄧㄙˋ]

💬 **teman** 朋友
音節 te-man
發音 [ㄉㄜˊ　ㄇㄢˋ]

💬 **tolong** 救命、請幫忙
音節 to-long
發音 [ㄉㄛ　ㄉㄛㄥˋ]

💬 **sakit** 生病
音節 sa-kit
發音 [ㄙㄚ　ㄍㄧㄊˋ]

星期二

星期二
Hari Selasa

自我練習

I. 發音練習─請念念看 🔊 MP3-21

1. cari （找）
2. baik （好）
3. tutup （關閉）
4. huruf （字）
5. teman （朋友）
6. fungsi （功能）
7. cantik （漂亮）
8. tulis （寫）
9. sakit （生病）
10. panas （熱）

II. 聽力練習─請把聽到的單字寫出來 🔊 MP3-22

1. _____ （報紙）
2. _____ （快速）
3. _____ （富有）
4. _____ （年）
5. _____ （救命、請幫忙）
6. _____ （喜歡）
7. _____ （健康）

8. _____（忙）
9. _____（去）
10. _____（回家）

III. 單詞練習—連連看 🔊MP3-23

salon

kursi

kecap

foto

cinta

sapi

polisi

tidur

認識印尼
Mengenal Indonesia

加里曼丹 Kalimantan

蘇門答臘 Sumatra

雅加達 Jakarta

爪哇 Jawa

＜印尼的地理概況 2＞

　　印尼有 5 個較大的島嶼，分別是蘇門答臘島 Sumatra、加里曼丹 Kalimantan（島上有部分地區屬馬來西亞及汶萊）、爪哇島 Jawa、蘇拉威西島 Sulawesi 及巴布亞 Papua（島上有部分地區屬巴布亞紐幾內亞），而首都雅加達就為位在爪哇島上，是印尼最大的城市。目前印尼正推動遷都至東加里曼丹之努山打拉（Nusantara 或 IKN）。

　　印尼地處赤道周邊，屬於熱帶性氣候，由於季風而分為乾、雨兩季；印尼的年溫差小，雅加達的日均溫介於 26 至 30℃。

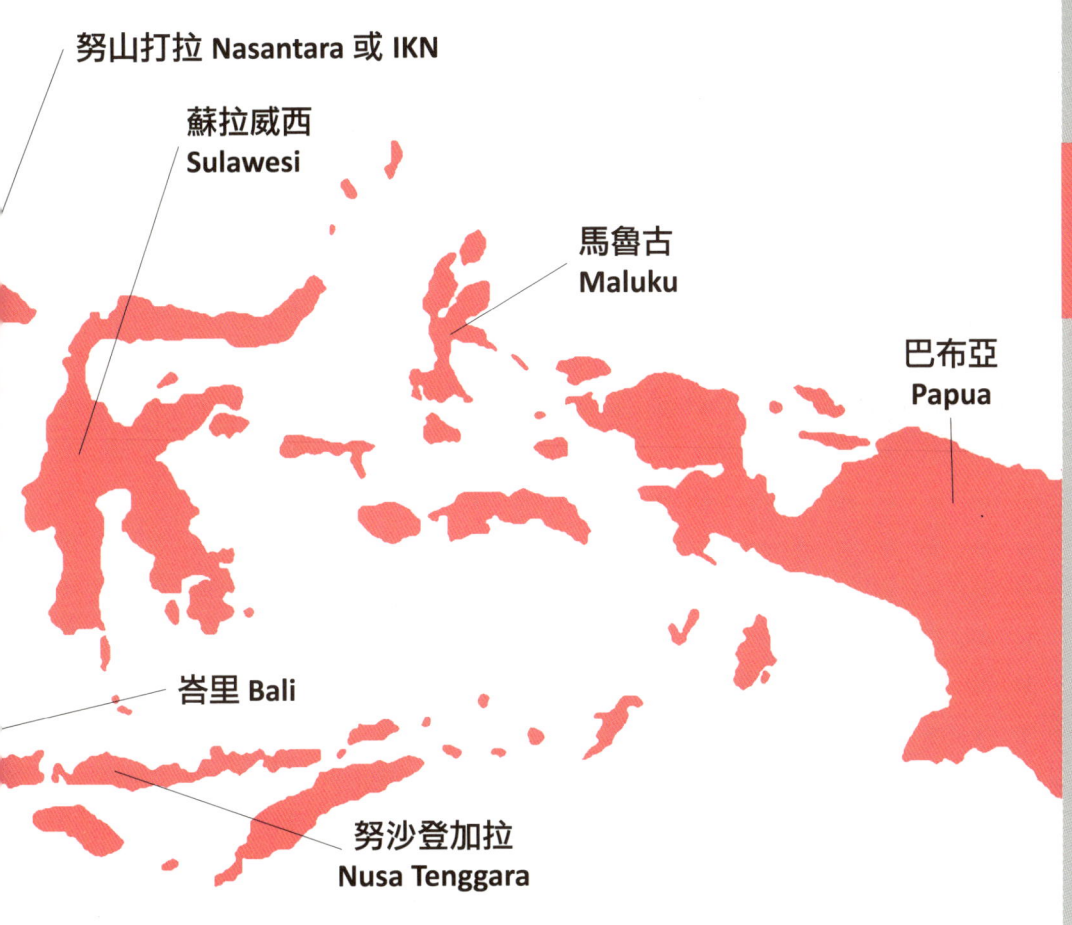

努山打拉 Nasantara 或 IKN

蘇拉威西 Sulawesi

馬魯古 Maluku

巴布亞 Papua

峇里 Bali

努沙登加拉 Nusa Tenggara

　　印尼位處地震頻繁的板塊交界處，2004 年印度洋大地震就是發生在印尼的北蘇門答臘，而 2006 年在爪哇島也發生過強烈地震。印尼全國至少有 100 多座活火山，雖然火山有其威脅性存在，但火山灰肥沃的土壤對於農業卻有相當的貢獻。印尼除了農業十分發達，多島的地域性也使得漁獲豐饒，漁業對印尼人民也有相當的貢獻。

　　印尼貨幣是印尼盧比（Rupiah，稱為印尼盾），貨幣代碼為 IDR。

Aku cinta kamu.
[ㄚ ㄍㄨˋ][ㄐㄧㄣˋ ㄉㄚˋ]
[ㄍㄚ ㄇㄨˋ]
我愛你。

星期三

Hari Rabu

Ha-ri Ra-bu
[ㄏㄚ ㄖㄧˋ][ㄖㄚ ㄅㄨˋ]

－學習內容－
單字音（濁音）B、D、G、J、V、Z

－學習目標－
學好 6 個單子音（濁音）！加油！

星 期 三
Hari Rabu

學習要點：

前一天我們已經學會了印尼語的無聲的「清音」子音。今天將介紹給大家認識 6 個印尼語的有聲的「濁音」子音「B、D、G、J、V、Z」。

有聲的「濁音」的子音發聲時，聲帶要振動。例如：

b → <u>b</u>uku　　（書）
d → <u>d</u>okter　（醫生）
g → <u>g</u>ajah　（大象）

清、濁音的差異與學習，對初學者來說會比較不好學，其實它們就類似外國人學習中文注音「ㄓ、ㄔ、ㄕ」和「ㄗ、ㄘ、ㄙ」時，聽起來一樣但實際上卻不一樣。只要透過幾次練習之後，相信每個人都能說出一口好印尼語。

舉例來說，印尼語中有一些成對的清、濁音，例如：

<u>b</u>ola	（球）	<u>p</u>ola	（樣式）
pan<u>d</u>ai	（聰明）	pan<u>t</u>ai	（海灘）
sa<u>g</u>u	（棕櫚樹）	sa<u>k</u>u	（口袋）
<u>j</u>ari	（指頭）	<u>c</u>ari	（尋找）

這些相對應的子音發音雖然聽起來一樣，但卻不一樣，也帶著不同的意義，接下來我們就一一學習濁音吧。

龍目島上的傳統市場

星期三

星期三
Hari Rabu

MP3-25

B b

單子音（濁音）

發音重點

- 嘴巴緊閉，讓空氣從嘴唇爆出，發出類似注音「ㄅㄝ」的音。
- 「B」在尾音時，不發出聲音，嘴型是閉起來的。
- 「B」和「P」用印尼文發音時聽起來很像，但其實不一樣喔！
- 記得，「B」是濁音之一！

拼拼看

ba, bi, bu, be, bo

ba 發出類似注音「ㄅㄚ」的音、bi 發出類似注音「ㄅㄧ」的音
bu 發出類似注音「ㄅㄨ」的音、be 發出類似注音「ㄅㄝ」的音
bo 發出類似注音「ㄅㄛ」的音

說說看

Selamat menempuh hidup baru.
se-la-mat me-nem-puh hi-dup ba-ru
[ㄙㄜ ㄌㄚ ㄇㄚㄇˋ][ㄇㄜ ㄋㄜㄇ ㄅㄨˋ]
[ㄏㄧ ㄉㄨㄅˋ][ㄅㄚ ㄖㄨˋ]
新婚愉快。

背背看

baju 衣服
音節 ba-ju
發音 [ㄅㄚˋ　ㄓㄨˋ]

babi 豬
音節 ba-bi
發音 [ㄅㄚ　ㄅㄧˋ]

bulan 月亮、月份
音節 bu-lan
發音 [ㄅㄨ　ㄉㄢˋ]

beli 買
音節 be-li
發音 [ㄅㄜˊ　ㄉㄧˋ]

bola 球
音節 bo-la
發音 [ㄅㄛ　ㄉㄚˋ]

nasib 命運
音節 na-sib
發音 [ㄋㄚ　ㄒㄧㄅˋ]

星期三

星期三
Hari Rabu

MP3-26

單子音（濁音）

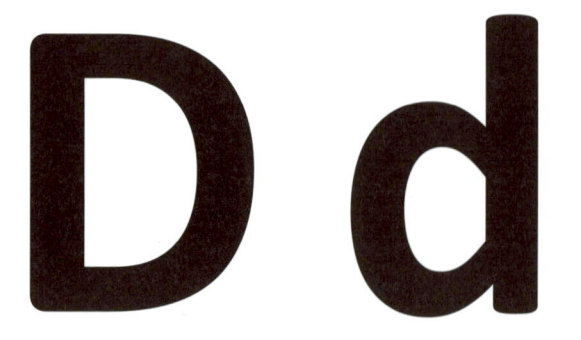

Dd

發音重點

- 舌尖頂在門牙後方，堵住氣流，再用力的把舌尖往下壓，發出類似注音「ㄉㄝ」的音。
- 「D」在尾音時，不發出聲音，舌尖往上頂在門牙後方。
- 「D」和「T」用印尼文發音時聽起來很像，但其實是不一樣的！
- 記得，「D」是濁音之一！

拼拼看

da, di, du, de, do

da 發出類似注音「ㄉㄚ」的音、di 發出類似注音「ㄉㄧ」的音、du 發出類似注音「ㄉㄨ」的音、de 發出類似注音「ㄉㄝ」的音、do 發出類似注音「ㄉㄛ」的音

說說看

Selamat bekerja.

se-la-mat be-ker-ja
[ㄙㄜ ㄌㄚ ㄇㄚㄤˋ][ㄅㄜ ㄍㄜㄖˋ ㄓㄚˋ]
工作愉快。

dasi 領帶
音節 da-si
發音 [ㄉㄚ　ㄒㄧˋ]

mandi 洗澡
音節 man-di
發音 [ㄇㄢˋ　ㄉㄧˋ]

durian 榴槤
音節 du-ri-an
發音 [ㄉㄨˊ　ㄖㄧ　ㄢˋ]

debu 灰塵
音節 de-bu
發音 [ㄉㄜ　ㄅㄨˋ]

donat 甜甜圈
音節 do-nat
發音 [ㄉㄛ　ㄋㄚㄆˋ]

masjid 清真寺
音節 mas-jid
發音 [ㄇㄚㄙ　ㄐㄧㄉˋ]

星期三

73

星期三
Hari
Rabu

MP3-27

單子音（濁音）

Gg

發音重點

- 利用舌根和口腔上顎後側的軟顎，用力的發出類似注音「ㄍㄟ」的第四聲。
- 「G」在尾音時，發音時舌根要往上碰到軟顎，但是不發出聲音。
- 大部分的單詞，當「G」在尾音時，往往會跟「N」字音搭配在一起，這時就會發出雙子音「NG」的音囉！
- 「G」和「K」在單詞發音時聽起來很像，但其實是不一樣的！
- 記得，「G」是濁音之一！

拼拼看

ga, gi, gu, ge, go

ga 發出類似注音「ㄍㄚ」的音、gi 發出類似注音「ㄍㄧ」的音
gu 發出類似注音「ㄍㄨ」的音、ge 發出類似注音「ㄍㄟ」的音
go 發出類似注音「ㄍㄛ」的音

背背看

gaji 薪資
音節 ga-ji
發音 [ㄍㄚ ㄐㄧˋ]

gereja 教會
音節 ge-re-ja
發音 [ㄍㄜ ㄖㄝ ㄓㄚˋ]

gigi 牙齒
音節 gi-gi
發音 [ㄍㄧ ㄍㄧˋ]

goreng 炸／炒
音節 go-reng
發音 [ㄍㄛ ㄖㄥˋ]

guru 老師
音節 gu-ru
發音 [ㄍㄨ ㄖㄨˋ]

katalog 目錄
音節 ka-ta-log
發音 [ㄍㄚ ㄉㄚ ㄌㄛㄍˋ]

說說看

Selamat menikmati.

se-la-mat me-nik-ma-ti
[ㄙㄜ ㄌㄚ ㄇㄚㄊˋ]
[ㄇㄜ ㄋㄧㄎˋ ㄇㄚ ㄉㄧˋ]
請盡情享受。（美食或假期）

星期三
Hari Rabu

MP3-28

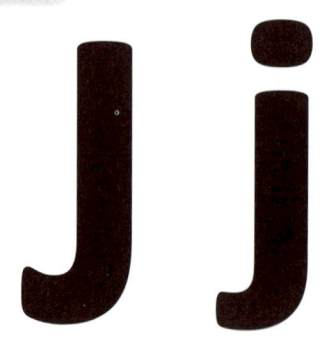

Jj

單子音（濁音）

發音重點

- 嘴型扁平，舌頭碰到上顎，用力的發出類似注音「ㄓㄟ」的音。
- 「J」和「C」用印尼文發音時聽起來很像，但其實是不一樣的！
- 記得，「J」是濁音之一！

拼拼看

ja, ji, ju, je, jo

ja 發出類似注音「ㄓㄚ」的音、ji 發出類似注音「ㄐㄧ」的音
ju 發出類似注音「ㄓㄨ」的音、je 發出類似注音「ㄓㄝ」的音
jo 發出類似注音「ㄓㄛ」的音

說說看

Selamat berlibur.
se-la-mat ber-li-bur
[ㄙㄜ ㄌㄚ ㄇㄚㄊˋ]
[ㄅㄜㄖˊ ㄌㄧ ㄅㄨㄖˋ]
假期愉快。

背背看

💬 **jalan** 路、行走

音節 ja-lan
發音 [ㄓㄚ　ㄉㄢˋ]

💬 **janji** 約會、約定

音節 jan-ji
發音 [ㄓㄢ　ㄐㄧˋ]

💬 **jual** 賣

音節 ju-al
發音 [ㄓㄨ　ㄚㄉ]

💬 **jerapah** 長頸鹿

音節 je-ra-pah
發音 [ㄓㄜ　ㄖㄚ　ㄅㄚˋ]

💬 **jodoh** 緣份

音節 jo-doh
發音 [ㄓㄛ　ㄉㄛˋ]

💬 **jembatan** 橋

音節 jem-ba-tan
發音 [ㄓㄥㄇ　ㄅㄚ　ㄉㄢˋ]

星期三

星期三
Hari Rabu

🔊 MP3-29

單子音（濁音）

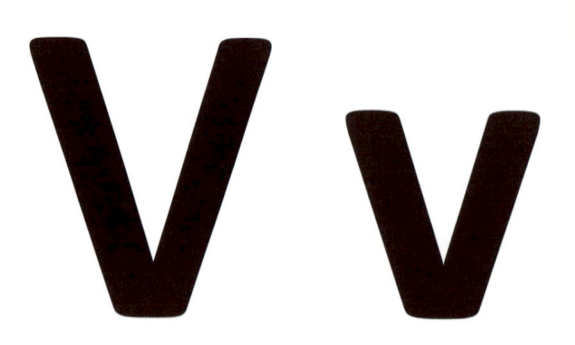

Vv

發音重點

- 上齒輕貼下唇，類似要吹蠟燭的動作，用力的發出類似注音「ㄈㄝ」的音。
- 「V」和「F」用印尼文發音時聽起來很像，但其實不一樣喔！
- 記得，「V」是濁音之一！

拼拼看

va, vi, vu, ve, vo

va 發出類似注音「ㄈㄚ」的音、vi 發出類似注音「ㄈㄧ」的音
vu 發出類似注音「ㄈㄨ」的音、ve 發出類似注音「ㄈㄝ」的音
vo 發出類似注音「ㄈㄛ」的音

說說看

Selamat tinggal.
se-la-mat ting-gal
[ㄙㄜ ㄌㄚ ㄇㄚㄊˋ][ㄉㄧㄥˋ ㄍㄚㄌˋ]
再見。（離開的人對留著的人說的話）

78

背背看

vas 花瓶
音節 vas
發音 [ㄈㄚㄙˋ]

visa 簽證
音節 vi-sa
發音 [ㄈㄧˋ ㄙㄚˋ]

ovum 卵子
音節 o-vum
發音 [ㄛ ㄈㄨㄇˋ]

novel 小説
音節 no-vel
發音 [ㄋㄛ ㄈㄜㄉˋ]

volume 音量
音節 vo-lu-me
發音 [ㄈㄛ ㄉㄨ ㄇㄜˋ]

kanvas 帆布
音節 kan-vas
發音 [ㄍㄢˋ ㄈㄚㄙˋ]

星期三

星期三
Hari Rabu

🔊 MP3-30

單子音（濁音）

Z z

發音重點

- 嘴型扁平的，用力發出類似注音「ㄙㄝㄊ」的音。
- 「z」唸法跟英文的「z」一模一樣！
- 印尼語本身很少用到這個「z」子音，幾乎都是在使用外來語的詞彙時才會用到。
- 「x」、「s」和「z」用印尼文發音時聽起來很像，但其實是不一樣喔！

拼拼看

za, zi, zu, ze, zo

za 發出類似注音「ㄙㄚ」的音、zi 發出類似注音「ㄒㄧ」的音
zu 發出類似注音「ㄙㄨ」的音、ze 發出類似注音「ㄙㄝ」的音
zo 發出類似注音「ㄙㄛ」的音

說說看

Selamat jalan.
se-la-mat ja-lan
[ㄙㄜ ㄌㄚ ㄇㄚㄊ˘][ㄓㄚ˘ ㄌㄢ˘]
再見。（留著的人對要離開的人說的話）

背背看

zaman 時代
音節 za-man
發音 [ㄙㄚ ㄇㄢˋ]

rezim 政權
音節 re-zim
發音 [ㄖㄝ ㄒㄧㄇˋ]

zebra 斑馬
音節 zeb-ra
發音 [ㄙㄝㄅˋ ㄖㄚˋ]

zona 區
音節 zo-na
發音 [ㄙㄛ ㄋㄚˋ]

星期三

> 星期三
> Hari
> Rabu

自我練習

I. 發音練習─請念念看 🔊 MP3-31

1. debu　　（灰塵）
2. gaji　　（薪資）
3. beli　　（買）
4. janji　　（約會、約定）
5. novel　　（小説）
6. rezim　　（政權）
7. goreng　　（炸／炒）
8. mandi　　（洗澡）
9. guru　　（老師）
10. volume　　（音量）

II. 聽力練習─請把聽到的單字寫出來 🔊 MP3-32

1. _____　（月亮）
2. _____　（榴槤）
3. _____　（教會）
4. _____　（緣份）
5. _____　（簽證）
6. _____　（橋）
7. _____　（路、行走）

8. _____ （花瓶）
9. _____ （時代）
10. _____ （球）

Ⅲ. 單詞練習—連連看 MP3-33

zebra

dasi

baju

babi

donat

jerapah

gigi

botol

認識印尼
Mengenal Indonesia

印尼的文化習俗

印尼人的文化習俗大部分受到宗教影響，可以在各個生活層面看得出來。印尼社會以尊重個人為基礎。

印尼沒有國教，但在建國基本原則中規定不可持無神論，所以人民一定要信仰宗教。印尼政府承認六種宗教：伊斯蘭教、基督教、天主教、佛教、印度教以及儒教，每個人都可以自由的進行宗教儀式。由於大多數印尼人信仰伊斯蘭教，所以到處都能夠看到清真寺，而且一天會聽到好幾次從清真寺傳來的喇叭聲，這聲音是提醒穆斯林禮拜時間已經到了。

印尼人個性善良好客，第一次介紹見面時，宜點頭握手。在社交場合與客人見面時，一般慣以握手為禮。與熟人、朋友相遇時，傳統禮節是用右手按住胸口互相問好。不過印尼人忌諱他人摸他們孩子的頭部，認為這是缺乏教養和污辱人的舉止。

與印尼人在用餐時應用右手取食，不能用左手觸碰食物，印尼人忌諱用左手傳遞東西或食物，因為他們把左手視為骯髒、下賤之手，認為使用左手是極不禮貌的。另外，伊斯蘭教徒禁食豬肉和使用豬製品，且大多數人不飲酒。

此外，因為印尼氣候乾熱，所以印尼人有每天早上及傍晚各洗澡沖涼一次的習慣。也因為受到宗教影響，上完廁所後，個人衛生清理部位都會用水沖洗乾淨。

INDONESIA

星期三

Selamat
Tahun Baru.
[ㄙㄜ ㄌㄚ ㄇㄚㄉˋ]
[ㄉㄚ ㄏㄨㄣˋ]
[ㄅㄚ ㄖㄨˋ]
新年快樂。

星期四

Hari Kamis

Ha-ri Ka-mis
[ㄏㄚ ㄖㄧˋ][ㄍㄚ ㄇㄧㄙˋ]

― 學習內容 ―

單子音 L、M、N、Q、R、W、X、Y
和雙子音 SY、KH、NG、NY

― 學習目標 ―

學好 8 個單子音和 4 個雙子音！加油！

星期四
Hari Kamis

學習要點：

今天會帶著大家認識剩下的 8 個子音和 4 個雙子音。

印尼語總共有 4 個雙子音：sy、kh、ng、ny。如同單子音，雙子音也可出現在起音、中音和尾音的位置。

印尼語的雙子音 sy、kh、ng、ny 之分類簡單說明如下：

- sy 屬於舌面中音，國際音標標為【ç】
- kh 屬於擦音，國際音標標為【x】
- ng 屬於鼻音，國際音標標為【ŋ】
- ny 屬於鼻音，國際音標標為【ɲ】

這 4 個雙子音當中最常見到的是雙子音 ng 和 ny。

蘇拉威島上的傳統住家

星期四
Hari Kamis

MP3-34

L l

單子音

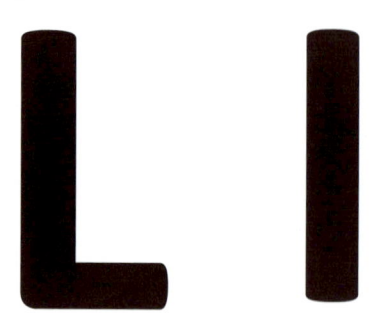

發音重點

- 嘴巴微開，輕輕的發出類似注音「ㄝ」，緊接著將舌頭前端接觸上顎。
- 唸法跟英文的「L」一模一樣！
- 在起音或中音，發出類似中文「了」的音。但在尾音時，舌尖往上碰到上顎，不發音。

拼拼看

la, li, lu, le, lo

la 發出類似注音「ㄌㄚ」的音、li 發出類似注音「ㄌㄧ」的音
lu 發出類似注音「ㄌㄨ」的音、le 發出類似注音「ㄌㄝ」的音
lo 發出類似注音「ㄌㄛ」的音

說說看

Di larang masuk.

di la-rang ma-suk
[ㄉㄧˊ][ㄌㄚ　ㄖㄤˋ][ㄇㄚ　ㄙㄨㄎˋ]
禁止進入。

背背看

● **lapar** 餓
音節 la-par
發音 [ㄌㄚ ㄅㄚㄖ↘]

● **lihat** 看
音節 li-hat
發音 [ㄌㄧ ㄏㄚㄊ↘]

● **malu** 害羞
音節 ma-lu
發音 [ㄇㄚ ㄌㄨ↘]

● **lemari** 櫃子
音節 le-ma-ri
發音 [ㄌㄜ↗ ㄇㄚ ㄖㄧ↘]

● **lobak** 白蘿蔔
音節 lo-bak
發音 [ㄌㄛ ㄅㄚㄎ↘]

● **hotel** 飯店
音節 ho-tel
發音 [ㄏㄛ ㄉㄜㄌ↘]

星期四

91

星期四
Hari Kamis

🔊 MP3-35

M m

單子音

發音重點

- 嘴巴微開，輕輕地發出類似注音「ㄝ」，然後雙唇閉起來，再發出類似注音「ㄇ」的音。
- 印尼文「M」的唸法跟英文的「M」一模一樣！
- 在尾音時，要發出類似注音「ㄇ」的音，但嘴巴要閉起來。

拼拼看

ma, mi, mu, me, mo

ma 發出類似注音「ㄇㄚ」的音、mi 發出類似注音「ㄇㄧ」的音
mu 發出類似注音「ㄇㄨ」的音、me 發出類似注音「ㄇㄝ」的音
mo 發出類似注音「ㄇㄛ」的音

說說看

Di larang merokok.

di la-rang me-ro-kok
[ㄉㄧˊ][ㄌㄚ ㄖㄤˋ][ㄇㄛˊ ㄖㄛ ㄍㄛㄎˋ]
禁止抽菸。

背背看

masuk 進入
音節 ma-suk
發音 [ㄇㄚ ㄙㄨㄎˋ]

minum 喝
音節 mi-num
發音 [ㄇㄧ ㄋㄨㄇˋ]

musik 音樂
音節 mu-sik
發音 [ㄇㄨ ㄙㄧㄎˋ]

mewah 豪華
音節 me-wah
發音 [ㄇㄝ ㄨㄚˋ]

mobil 車
音節 mo-bil
發音 [ㄇㄛ ㄅㄧㄉˋ]

makan 吃
音節 ma-kan
發音 [ㄇㄚ ㄍㄢˋ]

星期四

星期四
Hari Kamis

MP3-36

N n

單子音

發音重點

- 嘴巴微開，輕輕地發出類似注音「ㄝ」，然後接連著舌尖輕貼上牙齦發出「N」的音。
- 印尼文「N」的唸法跟英文的「N」一模一樣！
- 「N」在尾音時，不發音，舌尖輕貼上牙齦。

拼拼看

na, ni, nu, ne, no

na 發出類似注音「ㄋㄚ」的音、ni 發出類似注音「ㄋㄧ」的音
nu 發出類似注音「ㄋㄨ」的音、ne 發出類似注音「ㄋㄝ」的音
no 發出類似注音「ㄋㄛ」的音

說說看

Harap tenang.

ha-rap te-nang

[ㄏㄚ　ㄖㄚㄆ↘][ㄉㄜˊ　ㄋㄤ↘]

請安靜。

nasi 飯
音節 na-si
發音 [ㄋㄚ　ㄒㄧˋ]

menikah 結婚
音節 me-ni-kah
發音 [ㄇㄜ　ㄋㄧ　ㄍㄚˋ]

bunuh 殺害
音節 bu-nuh
發音 [ㄅㄨ　ㄋㄨˋ]

negara 國家
音節 ne-ga-ra
發音 [ㄋㄜˊ　ㄍㄚ　ㄖㄚˋ]

not 音符
音節 not
發音 [ㄋㄛㄊˋ]

bon 收據
音節 bon
發音 [ㄅㄛㄅˋ]

星期四
Hari Kamis

MP3-37

Q q

單子音

發音重點

- 印尼文中「Q」的唸法跟英文的「Q」一模一樣！
- 印尼文中用到「Q」的字母非常少，幾乎都是一些回教的專有名詞。

拼拼看

qa, qi, qu, qe, qo

qa 發出類似注音「ㄎㄚ」的音、qi 發出類似注音「ㄎㄧ」的音
qu 發出類似注音「ㄎㄨ」的音、qe 發出類似注音「ㄎㄝ」的音
qo 發出類似注音「ㄎㄛ」的音

背背看

💬 **Alquran** 可蘭經

音節 Al-qur-an
發音 [ㄚㄌ　ㄎㄨㄖ　ㄋˋ]

說說看

Jagalah kebersihan.

ja-ga-lah ke-ber-si-han
[ㄓㄚ　ㄍㄚ　ㄌㄚˋ]
[ㄍㄜ　ㄅㄜㄖˋ　ㄒㄧ　ㄏㄢˋ]
請維持清潔。

星期四

97

星期四
Hari Kamis

R r

🔊 MP3-38

單子音

發音重點

- 是舌顫音,先發出類似注音「ㄝ」,然後接連著「ㄖ」的音。
- 「R」在尾音時,只要發出「ㄖ」的音。

拼拼看

ra, ri, ru, re, ro

ra 發出類似注音「ㄖㄚ」的音、ri 發出類似注音「ㄖㄧ」的音
ru 發出類似注音「ㄖㄨ」的音、re 發出類似注音「ㄖㄝ」的音
ro 發出類似注音「ㄖㄛ」的音

說說看

Mohon perhatian.
mo-hon per-ha-ti-an
[ㄇㄛ ㄏㄛㄣˋ][ㄅㄜㄖˊ ㄏㄚ ㄉㄧ ㄢˋ]
請注意。

98

marah 生氣
音節 ma-rah
發音 [ㄇㄚ　ㄖㄚˋ]

hari 日、天
音節 ha-ri
發音 [ㄏㄚ　ㄖㄧˋ]

rusa 鹿
音節 ru-sa
發音 [ㄖㄨ　ㄙㄚˋ]

rebus 水煮
音節 re-bus
發音 [ㄖㄜˊ　ㄅㄨㄙˋ]

kurir 快遞
音節 ku-rir
發音 [ㄍㄨ　ㄖㄧㄖˋ]

atur 管理、安排
音節 a-tur
發音 [ㄚ　ㄉㄨㄖˋ]

星期四
Hari Kamis

MP3-39

W w

單子音

發音重點

- 嘟嘴，輕輕的發出類似注音「ㄨ」，然後接連著「ㄝ」的音。
- 「w」字母不太會在尾音出現。

拼拼看

wa, wi, wu, we, wo

wa 發出類似注音「ㄨㄚ」的音、wi 發出類似注音「ㄨㄧ」的音
wu 發出類似注音「ㄨ」的音、we 發出類似注音「ㄨㄝ」的音
wo 發出類似注音「ㄨㄛ」的音

說說看

Permisi.
per-mi-si
[ㄅㄜㄖ↗　ㄇㄧ　ㄒㄧ↘]
借過、請問。

背背看

wartawan 記者
音節 war-ta-wan
發音 [ㄨㄚㄖˊ ㄉㄚ ㄨㄢˋ]

waspada 警覺
音節 was-pa-da
發音 [ㄨㄚㄙˋ ㄅㄚ ㄉㄚˋ]

wisuda 畢業典禮
音節 wi-su-da
發音 [ㄨㄧˊ ㄙㄨ ㄉㄚˋ]

dewi 仙女
音節 de-wi
發音 [ㄉㄝ ㄨㄧˋ]

wujud 形狀
音節 wu-jud
發音 [ㄨ ㄓㄨㄊˋ]

星期四
Hari
Kamis

🔊 MP3-40

單子音

X x

發音重點

- 「x」唸法跟英文的「x」一模一樣！
- 「x」字母不會在尾音出現。
- 印尼文本身很少有用到這個「x」字母，幾乎都是外來語的詞彙。
- 「x」、「s」和「z」用印尼語發音時聽起來很像，但其實不一樣！

拼拼看

xa, xi, xu, xe, xo

xa 發出類似注音「ㄙㄚ」的音
xi 發出類似注音「ㄒㄧ」的音
xu 發出類似注音「ㄙㄨ」的音
xe 發出類似注音「ㄙㄝ」的音
xo 發出類似注音「ㄙㄛ」的音

背背看

💬 **xilofon** 木琴

音節 xi-lo-fon
發音 [ㄒㄧˊ　ㄌㄛ　ㄈㄛㄣˋ]

說說看

Tolong!

to-long
[ㄉㄛ　ㄉㄨㄥˋ]
救命、請幫忙！

星期四
Hari Kamis

MP3-41

單子音

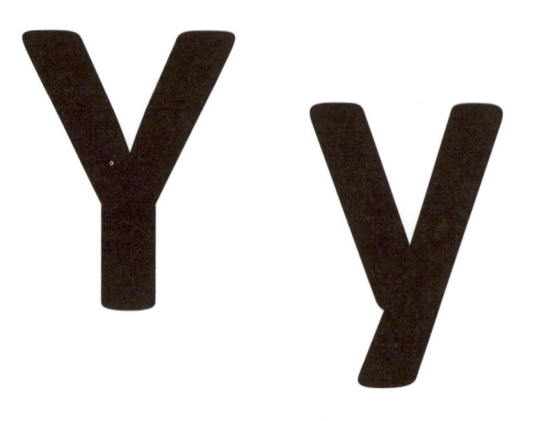

Y y

發音重點

- 發出類似注音「一ㄝ」的音。
- 記得，發這個音的時候，很像要照相時，手勢比二的數字，發出「耶」的音。

拼拼看

ya, yi, yu, ye, yo

ya 發出類似注音「一ㄚ」的音、yi 發出類似注音「一」的音
yu 發出類似注音「一ㄨ」的音、ye 發出類似注音「一ㄝ」的音
yo 發出類似注音「一ㄛ」的音

說說看

Maaf.

ma-af
[ㄇㄚˋ　ㄚㄈˋ]
對不起。

背背看

💬 **saya** 我
音節 sa-ya
發音 [ㄙㄚ 一ㄚˋ]

💬 **ayah** 父親
音節 a-yah
發音 [ㄚ 一ㄚˋ]

💬 **ayam** 雞
音節 a-yam
發音 [ㄚ 一ㄚㄇˋ]

💬 **bayi** 嬰兒
音節 ba-yi
發音 [ㄅㄚ 一ˋ]

💬 **payung** 雨傘
音節 pa-yung
發音 [ㄅㄚ 一ㄩㄥˋ]

💬 **yoga** 瑜珈
音節 yo-ga
發音 [一ㄛ ㄍㄚˋ]

星期四

星期四
Hari
Kamis

SY
sy

🔊 MP3-42

雙子音

發音重點

- 舌面中音，發音時舌面與口腔上部的軟顎接觸，發出類似注音「ㄒㄧㄜ」的音。
- 「sy」不會出現在尾音。

拼拼看

sya, syi, syu, sye, syo

sya 發出類似注音「ㄒㄧㄚ」的音、syi 發出類似注音「ㄒㄧ」的音
syu 發出類似注音「ㄒㄧㄨ」的音、sye 發出類似注音「ㄒㄧㄜ」的音
syo 發出類似注音「ㄒㄧㄛ」的音

背背看

● **syair** 詩歌
音節 sya-ir
發音 [ㄒ一ㄚ 一ㄖ↘]

● **syarat** 條件
音節 sya-rat
發音 [ㄒ一ㄚ ㄖㄚㄊ↘]

● **tamasya** 遊覽
音節 ta-ma-sya
發音 [ㄉㄚ↗ ㄇㄚ ㄒ一ㄚ↘]

● **masyarakat** 人民
音節 ma-sya-ra-kat
發音 [ㄇㄚ↗ ㄒ一ㄚ↗ ㄖㄚ ㄍㄚㄊ↘]

● **syu-kur** 感恩
音節 syu-kur
發音 [ㄒ一ㄨ ㄍㄨㄖ↘]

說說看

Hati-hati.
ha-ti ha-ti
[ㄏㄚ ㄉ一↘][ㄏㄚ ㄉ一↘]
小心。

星期四
Hari Kamis

MP3-43

KH
kh

雙子音

發音重點

- 舌根音，發音時舌後根與口腔上部後側的軟顎接觸，發出類似注音「ㄎ」的音。

拼拼看

kha, khi, khu, khe, kho

kha 發出類似注音「ㄎㄚ」的音、khi 發出類似注音「ㄎㄧ」的音
khu 發出類似注音「ㄎㄨ」的音、khe 發出類似注音「ㄎㄝ」的音
kho 發出類似注音「ㄎㄛ」的音

背背看

● **khas** 特色
音節 khas
發音 [ㄎㄚㄙˋ]

● **khusus** 特別
音節 khu-sus
發音 [ㄎㄨ　ㄙㄨㄙˋ]

● **akhir** 終
音節 a-khir
發音 [ㄚ　ㄎㄧㄖˋ]

說說看

Harap antri.
ha-rap an-tri
[ㄏㄚ　ㄖㄚㄆˋ][ㄋˋ　ㄊㄖㄧˋ]
請排隊。

星期四
Hari Kamis

NG ng

🔊 MP3-44

雙子音

發音重點

- 舌根音,發音時舌後根與口腔上部後側的軟顎接觸,讓氣流從鼻腔通過,發出注音「ㄥ」的音。
- 「ng」搭配母音後,位置在起音和中音時,會發出一樣的音,但在或尾音時,會發出不一樣的音。

拼拼看

nga, ngi, ngu, nge, ngo

nga 用鼻音發出類似注音「ㄥㄚ」的音
ngi 用鼻音發出類似注音「ㄥㄧ」的音
ngu 用鼻音發出類似注音「ㄥㄨ」的音
nge 用鼻音發出類似注音「ㄥㄝ」的音
ngo 用鼻音發出類似注音「ㄥㄛ」的音

背背看

bunga 花
音節 bu-nga
發音 [ㄅㄨ　ㄥㄚˋ]

untung 幸運
音節 un-tung
發音 [ㄨㄣ　ㄉㄨㄥˋ]

wangi 香
音節 wa-ngi
發音 [ㄨㄚ　ㄥ一ˋ]

buang 丟
音節 bu-ang
發音 [ㄅㄨ　ㄤˋ]

ngilu 麻麻的
音節 ngi-lu
發音 [ㄥ一　ㄌㄨˋ]

minggu 週、星期日
音節 ming-gu
發音 [ㄇ一ㄥˋ　ㄍㄨˋ]

hidung 鼻子
音節 hi-dung
發音 [ㄏ一　ㄉㄨㄥˋ]

說說看

Turut berbahagia.

tu-rut ber-ba-ha-gi-a
[ㄉㄨ　ㄖㄨㄊˋ][ㄅㄜㄖ　ㄅㄚˊ　ㄏㄚ　ㄍ一　一ㄚˋ]
一同喜悅。（在婚禮場面或喜帖內文常用）

星期四
Hari Kamis

NY ny

🔊 MP3-49

雙子音

發音重點

- 舌根音，發音時舌後根與口腔上部後側的軟顎接觸，讓氣流從鼻腔通過，發出類似注音「ㄋㄧㄜ」的音。
- 「NY」不會出現在尾音。

拼拼看

nya, nyi, nyu, nye, nyo

nya 用鼻音發出類似注音「ㄋㄧㄚ」的音
nyi 用鼻音發出類似注音「ㄋㄧ」的音
nyu 用鼻音發出類似注音「ㄋㄧㄨ」的音
nye 用鼻音發出類似注音「ㄋㄧㄝ」的音
nyo 用鼻音發出類似注音「ㄋㄧㄛ」的音

背背看

● **banyak** 多
音節 ba-nyak
發音 [ㄅㄚ ㄋㄧㄚㄎˋ]

● **nyanyi** 唱歌
音節 nya-nyi
發音 [ㄋㄧㄚ ㄋㄧˋ]

● **bunyi** 海龜
音節 bu-nyi
發音 [ㄅㄨ ㄋㄧˋ]

● **penyu** 海龜
音節 pe-nyu
發音 [ㄅㄜ ㄋㄧㄨˋ]

● **monyet** 猴子
音節 mo-nyet
發音 [ㄇㄛ ㄋㄧㄝㄊˋ]

說說看

Semangat!
se-ma-ngat
[ㄙㄜ ㄇㄚ ㄥㄚㄊˋ]
精神（加油！）

星期四
Hari Kamis

自我練習

I. 發音練習─請念念看 ◀ MP3-46

1. lapar　　　（餓）
2. nutrisi　　（營養）
3. musik　　　（音樂）
4. bunuh　　　（殺害）
5. wisuda　　 （畢業典禮）
6. saya　　　 （我）
7. malu　　　 （害羞）
8. masuk　　　（進入）
9. bon　　　　（收據）
10. wartawan　（記者）

II. 聽力練習─請把聽到的單字寫出來 ◀ MP3-47

1. _____　（猴子）
2. _____　（週、星期日）
3. _____　（警覺）
4. _____　（豪華）
5. _____　（喝）
6. _____　（飯）
7. _____　（吃）

8. _____（父親）
9. _____（瑜珈）
10. _____（結婚）

III. 單詞練習—連連看 🔊 MP3-48

payung

mobil

ayam

penyu

lobak

bayi

Alquran

bunga

認識印尼
Mengenal Indonesia

印尼的樂器及音樂

　　印尼的傳統音樂、舞蹈、戲劇風貌大部分受到宗教信仰的影響。最早期的音樂就是甘美朗（gamelan），約在 13 世紀時被發明。

　　Gamelan 是印尼的爪哇語，其原意是鼓、打、抓。傳說是天神降臨爪哇後，為了便於發號司令，因此就鑄了鑼鼓等樂器，形成這樣有趣的典故。20 世紀初在巴黎世博會，法國印象派大師德布西，初聽到甘美朗，大為驚豔，從此印尼甘美朗開始享譽國際，而在 2021 年被聯合國教科文組織列為非物質文化遺產。

　　甘美朗音樂演出，通常是和宗教儀式、慶生、結婚、割禮等特殊的日子連結在一起，或是配合宮庭的慶典舞蹈、戲劇（包含皮影戲）中演出。在峇里島有多所專為外國人設置的甘美朗音樂舞蹈班，很受歡迎。

　　除了甘美朗，在西爪哇和萬丹（Banten）還有一種叫做 angklung 的古老樂器。中文將 angklung 稱為昂格隆、安克隆、竹管樂器、竹筒樂器、搖竹樂器、筒琴或竹豎琴。Angklung 在 2010 年 11 月 18 日也獲得聯合國教科文組織口述和非物質遺產的傑作。

　　印尼種族多樣化，約有 1,340 種族，各種種族有各自的音樂特色，所以帶來多樣風格的音樂。而今日印尼的傳統音樂，則是從傳統元素中結合西方的風格形成創新的音樂。

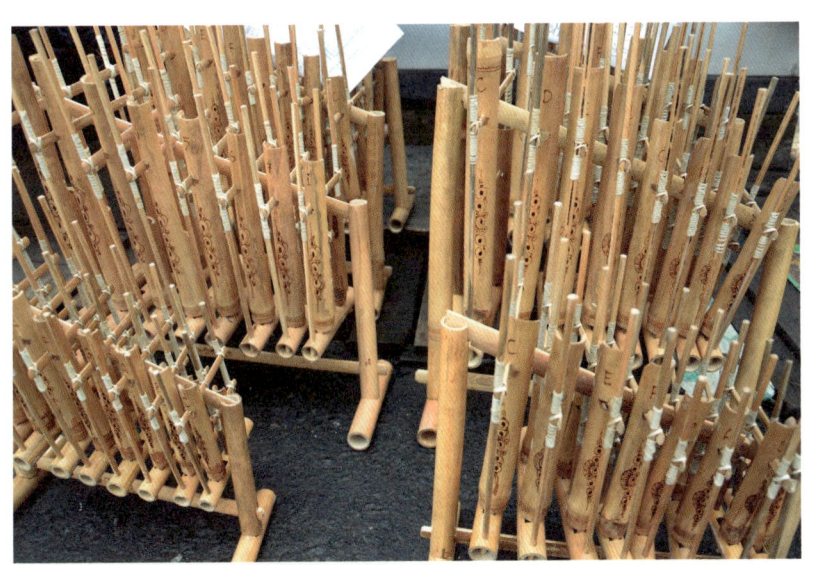

印尼傳統竹管樂器昂格隆（angklung）

印尼歷史最悠久的樂器甘美朗（gamelan）

Turut berbahagia.

[ㄉㄨ ㄖㄨㄊˋ]
[ㄅㄜㄖ ㄅㄚˊ ㄏㄚ
ㄍㄧ ㄧㄚˋ]
一同喜悦。

星期五
Hari Jumat

Ha-ri Jum-at
[ㄏㄚ ㄖㄧˋ]
[ㄓㄨㄇ ㄚㄊˋ]

─ 學習內容 ─

1. 問候語
2. 祝賀語
3. 打招呼
4. 自我介紹
5. 家族樹
6. 印尼語中常用之疑問句

─ 學習目標 ─

先學習印尼語的基本文法，
就可把最基本的「問候語」和「自我介紹」等搞定，
然後就可以開口說印尼語了！加油！

星期五
Hari Jumat

學習要點：
一起來學簡單的印尼語文法吧！

1. 印尼語的人稱代名詞 🔊 MP3-49

在印尼語中，人稱代名詞可分為單數及複數，還有第一人稱、第二人稱及第三人稱。只要把這些記住就可以完整表達印尼語了。

印尼語的人稱代名詞：

		第一人稱	第二人稱	第三人稱
單數	正式	saya [ㄙㄚ ㄧㄚˋ] 我	Anda [ㄢˋ ㄉㄚˋ] 您	Beliau [ㄅㄜˊ ㄉㄧ ㄧㄠˋ] 他／她（對尊敬的人）
單數	非正式	aku [ㄚ ㄍㄨˋ] 我	kamu [ㄍㄚ ㄇㄨˋ] 你	dia [ㄉㄧ ㄧㄚˋ] ia [ㄧ ㄧㄚˋ] 他／她
複數		kami [ㄍㄚ ㄇㄧˋ] 我們 （不包含說話的對象） kita [ㄍㄧ ㄉㄚˋ] 我們 （包含說話的對象）	kalian [ㄍㄚˊ ㄉㄧ ㄢˋ] 你們	mereka [ㄇㄜˊ ㄖㄝ ㄍㄚˋ] 他／她們

2. 印尼語的所有格 MP3-50

除了要好好記住人稱代名詞之外,所有格所擁有的名詞也要牢牢記住。不過以下的所有格就簡單多了,因為印尼語的所有格,只有在單數句子裡面才會發生變化,複數句子不會有變化。

單數所有格的變化:

		第一人稱	第二人稱	第三人稱
單數	正式	(名詞) + saya ~[ㄙㄚ -ㄧㄚˋ] 我的~	(名詞) + Anda ~[ㄢˋ ㄉㄚˋ] 您的~	(名詞) + Beliau ~[ㄅㄛˊ ㄌㄧ- ㄧㄠˋ] 他/她的~
	非正式	(名詞) + ku ~[ㄍㄨˋ] 我的~	(名詞) + mu ~[ㄇㄨˋ] 你的~	(名詞) + nya ~[ㄋㄧㄚˋ] 他/她的~

※ 注意!

一定要記住喔!在印尼語中,當要表現所有或所屬的人、事、物時,要把所屬的人、事、物放在第一個位置,而所有格要放在第二個位置,如:

◎第一人稱單數所有格:
正　式:nama ＋ saya ＝ nama saya　我的名字
非正式:nama ＋ ku　 ＝ nama ku　 我的名字

星期五
Hari Jumat

◎第二人稱單數所有格：

正　　式：rumah ＋ Anda　＝ rumah Anda　　您的房子
非正式：rumah ＋ mu　　＝ rumahmu　　　你的房子

◎第三人稱單數所有格：

正　　式：mobil ＋ Beliau　＝ mobil Beliau　　他的車子
非正式：mobil ＋ nya　　＝ mobilnya　　　他的車子

複數所有格：

	第一人稱	第二人稱	第三人稱
複數	（名詞）＋ **kami** ～[ㄍㄚ ㄇㄧˋ] （不包含說話的對象） 我們的～ （名詞）＋ **kita** ～[ㄍㄧ ㄉㄚˋ] （包含說話的對象） 我們的～	（名詞）＋ **kalian** ～[ㄍㄚˊ ㄉㄧ ㄢˋ] 你們的～	（名詞）＋ **mereka** ～[ㄇㄜˊ ㄖㄜ ㄍㄚˋ] 他／她們的～

◎複數所有格：

nama ＋ kami　　＝ nama kami　　我們的名字
rumah ＋ kalian　＝ rumah kalian　你們的房子
mobil ＋ mereka　＝ mobil mereka　他們的車子

　　由此可見，印尼語所有格的順序，和中文順序是完全相反的。

3. 練習一下！ 🔊 MP3-51

所有格 (1)：-ku [ㄍㄨˋ] ＝我的～

rumahku
[ㄖㄨ ㄇㄚˋ][ㄍㄨˋ]
我的家

> 請把以下的單字套進例句中的**標色字**位置，開口說說看吧！

mobil
[ㄇㄛ ㄅㄧㄉˋ]
車

ibu
[ㄧ ㄅㄨˋ]
母親

ayah
[ㄚ ㄧㄚˋ]
父親

sapi
[ㄙㄚ ㄅㄧˋ]
牛

所有格 (2)：-mu [ㄇㄨˋ] ＝你的～

adik laki-lakimu
[ㄚ ㄉㄧㄎˋ][ㄌㄚ ㄍㄧˋ][ㄌㄚ ㄍㄧˋ][ㄇㄨˋ]
你的弟弟

> 請把以下的單字套進例句中的**標色字**位置，開口說說看吧！

ayam
[ㄚ ㄧㄚㄇˋ]
雞

hotel
[ㄏㄛ ㄉㄜㄉˋ]
飯店

negara
[ㄋㄜˊ ㄍㄚ ㄖㄚˋ]
國家

koran
[ㄍㄛ ㄖㄢˋ]
報紙

星期五

123

星期五
Hari Jumat

所有格 (3)：-nya [ㄅㄧㄚˋ] ＝他／她的～

kantornya
[ㄍㄢˋ ㄉㄛㄖˋ][ㄅㄧㄚˋ]
他／她的辦公室

> 請把以下的單字套進例句中的**標色字**位置，開口說說看吧！

uang
[ㄨ ㄨㄤˋ]
錢

buku
[ㄅㄨ ㄍㄚˋ]
書

kakak perempuan
[ㄍㄚ ㄍㄚㄎˋ][ㄅㄜˊ ㄖㄤㄇˋ ㄅㄨ ㄢˋ]
姐姐

teman
[ㄉㄜˊ ㄇㄢˋ]
朋友

　　學完了這些基本文法，我們就可以開始用印尼語問候、祝賀、打招呼、自我介紹囉！請看下面！

1. 問候語 🔊MP3-52

selamat pagi
[ㄙㄜ ㄉㄚ ㄇㄚㄢˊ][ㄅㄚ ㄍㄧˋ]

selamat siang
[ㄙㄜ ㄉㄚ ㄇㄚㄢˊ][ㄒㄧ ㄤˋ]

selamat sore
[ㄙㄜ ㄉㄚ ㄇㄚㄢˊ][ㄙㄛ ㄌㄜ˙]

selamat malam
[ㄙㄜ ㄉㄚ ㄇㄚㄢˊ][ㄇㄚˊ ㄌㄚㄇˋ]

※ 注意！

Selamat pagi! 早安！

★ 是早晨 6 點至 10、11 點的問候語。

★ 在非正式場面可以說：Pagi ![ㄅㄚ ㄍㄧˋ]

Selamat siang! 午安！

★ 是上午 10 點至下午 2、3 點的問候語。

★ 在非正式場面可以說：Siang ![ㄒㄧ ㄧㄤˋ]

| 星期五
| Hari Jumat

Selamat sore! 下午安！
★是下午 3 點至傍晚 5、6 點的問候語。
★在非正式場面可以說：Sore ！[ㄙㄛ　ㄖㄝˋ]

Selamat malam! 晚安！
★是傍晚至晚上的問候語。
★在非正式場面可以說：Malam ！[ㄇㄚ　ㄌㄚㄇˋ]

2. 祝賀語　◀ MP3-53

　　「selamat」這個單字在印尼語的意思是「平安無事」，它除了可以用在不同時間上的問安之外，同時也可以表示祝賀，如：

Selamat datang!
[ㄙㄜ　ㄌㄚ　ㄇㄚㄤˋ][ㄉㄚ　ㄉㄤˋ]！
歡迎光臨！

Selamat tinggal!
[ㄙㄜ　ㄌㄚ　ㄇㄚㄤˋ][ㄉㄧㄥˋ　ㄍㄚㄌˋ]！
再見！（離開的人對留著的人說的話）

Selamat jalan!
[ㄙㄜ　ㄌㄚ　ㄇㄚㄤˋ][ㄓㄚˋ　ㄌㄢˋ]！
再見！（留著的人對要離開的人說的話）

Selamat Tahun Baru!
[ㄙㄜ ㄌㄚ ㄇㄚㄛˋ][ㄌㄚ ㄏㄨㄣˋ][ㄅㄚ ㄖㄨˋ]！
新年快樂！

Selamat ulang tahun!
[ㄙㄜ ㄌㄚ ㄇㄚㄛˋ][ㄨ ㄌㄤˋ][ㄌㄚ ㄏㄨㄣˋ]！
生日快樂！

Selamat Idulfitri!
[ㄙㄜ ㄌㄚ ㄇㄚㄛˋ][ㄧ ㄉㄨㄌˋ ㄈㄧㄊˋ ㄖㄧˋ]！
新年快樂！（按照伊斯蘭教曆或回曆）

Selamat hari Natal!
[ㄙㄜ ㄌㄚ ㄇㄚㄛˋ][ㄏㄚ ㄖㄧˋ][ㄋㄚˋ ㄉㄚㄌˋ]！
聖誕節快樂！

Selamat hari Waisak!
[ㄙㄜ ㄌㄚ ㄇㄚㄛˋ][ㄏㄚ ㄖㄧˋ][ㄨㄞˊ ㄙㄚㄎˋ]！
佛誕節快樂！

Selamat hari Nyepi!
[ㄙㄜ ㄌㄚ ㄇㄚㄛˋ][ㄏㄚ ㄖㄧˋ][ㄋㄧㄝ ㄅㄧˋ]！
（印度教）寧靜節快樂！

星期五
Hari Jumat

3. 打招呼 🔊 MP3-54

❶ 問候 ···

Apa kabar?
[ㄚ ㄅㄚˋ][ㄍㄚ ㄅㄚㄖˋ]？
你好嗎？

Baik.
[ㄅㄚ ㄧㄎˋ]
好。

Tidak baik.
[ㄉㄧ ㄉㄚㄎˋ][ㄅㄚ ㄧㄎˋ]
不好。

❷ 感謝 ···

Terima kasih.
[ㄉㄜ ㄖㄧ ㄇㄚˋ][ㄍㄚ ㄒㄧˋ]
謝謝。

Sama-sama.
[ㄙㄚ ㄇㄚˋ][ㄙㄚ ㄇㄚˋ]
彼此彼此；不客氣。

128

Kembali.
[ㄍㄜㄇˇ ㄅㄚ ㄉㄧˋ]
不客氣。

❸ 道別 ···

Sampai jumpa.
[ㄙㄚㄇˇ ㄅㄞˋ][ㄓㄨㄇˇ ㄅㄚˋ]
再見。

❹ 道歉 ···

Maaf.
[ㄇㄚˋ ㄚㄈˋ]
對不起。

Tidak apa-apa.
[ㄉㄧ ㄉㄚㄎˋ][ㄚ ㄅㄚˋ][ㄚ ㄅㄚˋ]
沒關係。

星期五
Hari Jumat

4. 自我介紹　◀ MP3-55

❶ Nama [ㄋㄚ　ㄇㄚˋ] 名字

Nama saya Anita.
[ㄋㄚ　ㄇㄚˋ][ㄙㄚ　ㄧㄚˋ][ㄚ　ㄋㄧ　ㄉㄚˋ]
我的名字是 Anita。

Maria
[ㄇㄚ　ㄖㄧ　ㄧㄚˋ]
瑪莉亞

請把以下的單字套進例句中的**標色字**位置，開口說説看吧！

Budi
[ㄅㄨ　ㄉㄧˋ]
布弟

Mila
[ㄇㄧ　ㄉㄚˋ]
蜜拉

Iwan
[ㄧ　ㄨㄢˋ]
伊萬

130

❷ Pekerjaan [ㄅㄜˊ ㄍㄜㄖˊ ㄓㄚ ㄋㄟˋ] 職業

Saya guru.
[ㄙㄚ ㄧㄚˋ][ㄍㄨ ㄖㄨˋ]
我是老師。

pengusaha
[ㄅㄜˊ ㄙㄨ ㄙㄚ ㄏㄚˋ]
商人、生意人

> 請把以下的
> 單字套進例句中的
> **標色字**位置，開口
> 說說看吧！

dokter
[ㄉㄛㄎˋ ㄉㄜㄖˋ]
醫生

ibu rumah tangga
[ㄧ ㄅㄨˋ][ㄖㄨ ㄇㄚˋ][ㄉㄤˋ ㄍㄚˋ]
家庭主婦

karyawan
[ㄍㄚㄖˊ ㄧㄚ ㄨㄢˋ]
職員

星期五
Hari Jumat

❸ Kebangsaan
[ㄍㄜˊ ㄅㄤˊ ㄙㄚ ㄋˋ] 國籍

Saya berasal dari Taiwan.
[ㄙㄚ ㄧㄚˋ][ㄅㄜˊ ㄖㄚ ㄙㄚㄉˋ]
[ㄉㄚ ㄖㄧˋ][ㄉㄞˋ ㄨㄢˋ]
我來自臺灣。

Amerika
[ㄚ ㄇㄝˋ ㄖㄧ ㄍㄚˋ]
美國

請把以下的單字套進例句中的**標色字**位置，開口說說看吧！

Indonesia
[ㄧㄣˊ ㄉㄛ ㄋㄝˋ ㄒㄧ ㄧㄚˋ]
印度尼西亞（印尼）

Vietnam
[ㄈㄧㄝㄊˋ ㄋㄚㄇˋ]
越南

Tiongkok
[ㄉㄧㄛㄥˊ ㄍㄛㄎˋ]
中國

Saya orang Taiwan.
[ㄙㄚ ㄧㄚˋ][ㄛ ㄖㄤˋ][ㄉㄞˋ ㄨㄢˋ]
我臺灣人。（我是臺灣人）

Jepang
[ㄓㄜˊ ㄅㄤˋ]
日本

請把以下的單字套進例句中的**標色字**位置，開口說說看吧！

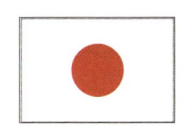

Korea
[ㄍㄛ ㄖㄝ ㄧㄚˋ]
韓國

India
[ㄧㄣˊ ㄉㄧ ㄧㄚˋ]
印度

Kanada
[ㄍㄚˊ ㄋㄚ ㄉㄚˋ]
加拿大

星期五
Hari Jumat

④ 開口對話看看吧！ MP3-56

Tono：Selamat pagi! Siapa nama Anda?
[ㄉㄛ ㄋㄛ]：[ㄙㄜ ㄌㄚ ㄇㄚㄥ][ㄅㄚ ㄍㄧˋ]！
[ㄒㄧˊ ㄧㄚ ㄅㄚˋ][ㄋㄚ ㄇㄚˋ][ㄋˋ ㄉㄚˋ]？
多諾：早安！您叫什麼名字？

Maria：Pagi! Nama saya Maria. Anda?
[ㄇㄚ ㄖㄧㄚˋ]：[ㄅㄚ ㄍㄧˋ]！[ㄋㄚ ㄇㄚˋ][ㄙㄚ ㄧㄚˋ][ㄇㄚ ㄖㄧ ㄧㄚˋ]。
[ㄋˋ ㄉㄚˋ]？
瑪莉亞：早！我的名字瑪莉亞。您呢？

Tono：Saya Tono. Apa pekerjaan Anda?
[ㄉㄛ ㄋㄛ]：[ㄙㄚ ㄧㄚˋ][ㄉㄛ ㄋㄛ]。
[ㄚ ㄅㄚˋ][ㄅㄜ ㄍㄜㄖˊ ㄓㄚ ㄋˋ][ㄋˋ ㄉㄚˋ]？
多諾：我是多諾。您的職業是什麼？

Maria：Saya dokter. Anda?
[ㄇㄚ ㄖㄧㄚˋ]：[ㄙㄚ ㄧㄚˋ][ㄉㄛㄅˋ ㄉㄜㄖˋ]。[ㄋˋ ㄉㄚˋ]？
瑪莉亞：我是醫生。那您呢？

Tono：Saya guru.
[ㄉㄛ ㄋㄛ]：[ㄙㄚ ㄧㄚˋ][ㄍㄨ ㄖㄨˋ]。
多諾：我是老師。

Maria：**Anda berasal dari mana?**
[ㄇㄚ ㄖ一ㄚˋ]：[ㄋˋ ㄉㄚˋ][ㄅㄜˊ ㄖㄚ ㄙㄚㄉˋ]
[ㄉㄚˊ ㄖ一ˋ][ㄇㄚ ㄋㄚˋ]？
瑪莉亞：您來自哪裡？

Tono：**Saya berasal dari Amerika. Anda?**
[ㄉㄛ ㄋㄛ]：[ㄙㄚ 一ㄚˋ][ㄅㄜˊ ㄖㄚ ㄙㄚㄉˋ]
[ㄉㄚˊ ㄖ一ˋ][ㄚ ㄇㄝˋ ㄖ一 ㄍㄚˋ]。[ㄋˋ ㄉㄚˋ]？
多諾：我來自美國。您呢？

Maria：**Saya berasal dari Indonesia.**
[ㄇㄚ ㄖ一ㄚˋ]：[ㄙㄚ 一ㄚˋ][ㄅㄜˊ ㄖㄚ ㄙㄚㄉˋ]
[ㄉㄚˊ ㄖ一ˋ][一ㄣˊ ㄉㄛ ㄋㄝˋ ㄒ一ㄚˋ]。
瑪莉亞：我來自印尼。

Tono：**Sampai jumpa!**
[ㄉㄛ ㄋㄛ]：[ㄙㄚㄇˋ ㄅㄞˋ][ㄓㄨㄇˋ ㄅㄚˋ]
多諾：再見！

Maria：**Sampai jumpa!**
[ㄇㄚ ㄖ一ㄚˋ]：[ㄙㄚㄇˋ ㄅㄞˋ][ㄓㄨㄇˋ ㄅㄚˋ]
瑪莉亞：再見！

星期五
Hari Jumat

5. 家族樹 MP3-57

Ini suami saya.
[ㄧ ㄋㄧˋ][ㄙㄨ ㄚ ㄇㄧˋ][ㄙㄚ ㄧㄚˋ]
這是我先生。

istri
[ㄧㄙ ㄊㄖㄧˋ]
太太

請把以下的單字套進例句中的**標色字**位置，開口說說看吧！

kakek
[ㄍㄚ ㄍㄜㄎˋ]
爺爺、外公

nenek
[ㄋㄝ ㄋㄝㄎˋ]
奶奶、外婆

ayah
[ㄚ ㄧㄚˋ]
父親

ibu
[一 ㄅㄨˋ]
母親

paman
[ㄅㄚ ㄇㄢˋ]
伯伯、舅舅、叔叔

bibi
[ㄅㄧ ㄅㄧˋ]
姑姑、阿姨

anak laki-laki 
[ㄚ ㄋㄚㄎˋ][ㄌㄚ ㄍㄧˋ][ㄌㄚ ㄍㄧˋ]
兒子

anak perempuan 
[ㄚ ㄋㄚㄎˋ][ㄅㄜˊ ㄖㄜㄇˋ ㄅㄨ ㄨㄢˋ]
女兒

kakak laki-laki 
[ㄍㄚ ㄍㄚㄎˋ][ㄌㄚ ㄍㄧˋ][ㄌㄚ ㄍㄧˋ]
哥哥

星期五
Hari Jumat

kakak perempuan
[ㄍㄚ ㄍㄚㄎˋ][ㄅㄜˊ ㄖㄜㄇˋ ㄅㄨ ㄨㄢˋ]
姐姐

adik laki-laki
[ㄚ ㄉㄧㄎˋ][ㄌㄚ ㄍㄧˋ][ㄌㄚ ㄍㄧˋ]
弟弟

adik perempuan
[ㄚ ㄉㄧㄎˋ][ㄅㄜˊ ㄖㄜㄇˋ ㄅㄨ ㄨㄢˋ]
妹妹

cucu laki-laki
[ㄗㄨ ㄗㄨˋ][ㄌㄚ ㄍㄧˋ][ㄌㄚ ㄍㄧˋ]
孫子

cucu perempuan
[ㄗㄨ ㄗㄨˋ][ㄅㄜˊ ㄖㄜㄇˋ ㄅㄨ ㄨㄢˋ]
孫女

sepupu laki-laki
[ㄙㄜ ㄅㄨ ㄅㄨˋ][ㄌㄚ ㄍㄧˋ][ㄌㄚ ㄍㄧˋ]
表／堂（哥／弟）

sepupu perempuan
[ㄙㄜ ㄅㄨ ㄅㄨˋ][ㄅㄜˊ ㄖㄜㄇˋ ㄅㄨ ㄨㄢˋ]
表／堂（姐／妹）

keponakan laki-laki
[ㄍㄜ ㄅㄛ ㄋㄚ ㄍㄢˋ][ㄉㄚ ㄍㄧˋ][ㄉㄚ ㄍㄧˋ]
侄子

keponakan perempuan
[ㄍㄜ ㄅㄛ ㄋㄚ ㄍㄢˋ][ㄅㄜˊ ㄖㄜㄇˋ ㄅㄨ ㄨㄢˋ]
姪女

※ 注意！

　　在問性別時，分辨男女是用「laki-laki」和「perempuan」，分別表示「男」和「女」。

　　在對話裡，假如對方已經知道我們所描述的人性別是男或女，又或者被描述的人物在場，我們可以就省略説出「laki-laki」或「perempuan」這個詞。

星期五

139

星期五
Hari Jumat

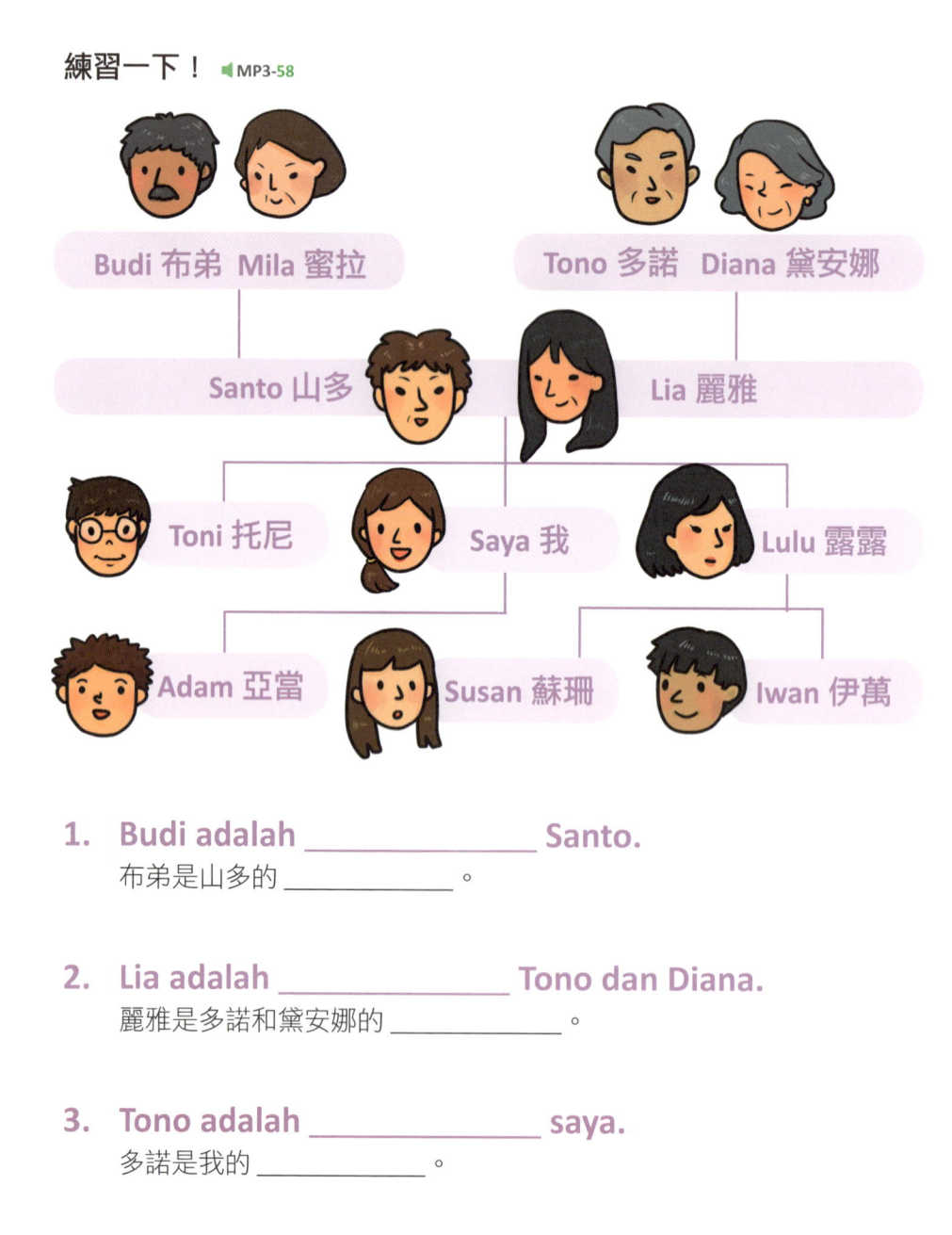

練習一下！ 🔊 MP3-58

Budi 布弟　Mila 蜜拉

Tono 多諾　Diana 黛安娜

Santo 山多　　Lia 麗雅

Toni 托尼　Saya 我　Lulu 露露

Adam 亞當　Susan 蘇珊　Iwan 伊萬

1. Budi adalah _____ Santo.
   布弟是山多的 _____ 。

2. Lia adalah _____ Tono dan Diana.
   麗雅是多諾和黛安娜的 _____ 。

3. Tono adalah _____ saya.
   多諾是我的 _____ 。

140

4. Adam adalah _____ saya.
   亞當是我的 _____。

5. Susan adalah _____ Lulu.
   蘇珊是露露的 _____。

6. Toni adalah _____ Mila.
   托尼是蜜拉的 _____。

7. Saya adalah _____ Susan.
   我是蘇珊的 _____。

8. Adam adalah _____ Iwan.
   亞當是伊萬的 _____。

9. Iwan adalah _____ Toni.
   伊萬是托尼的 _____。

10. Lulu adalah _____ Toni.
    露露是托尼的 _____。

> 星期五
> Hari Jumat

6. 印尼語中常用之疑問句　🔊 MP3-59

❶ 問人時使用 ··

Siapa?
[ㄒㄧˊ　ㄧㄚ　ㄅㄚˋ]？
誰？

❷ 問事或物時使用 ··

Apa?
[ㄚ　ㄅㄚˋ]？
什麼？

❸ 問時間時使用 ··

Kapan?
[ㄍㄚ　ㄅㄢˋ]？
何時？

❹ 問地點時使用 ··

Dari mana?
[ㄉㄚˊ　ㄖㄧˋ][ㄇㄚ　ㄋㄚˋ]？
從哪裡？

142

Ke mana?
[ㄍㄜˊ][ㄇㄚ ㄋㄚˋ]？
去哪裡？

Di mana?
[ㄉㄧˊ][ㄇㄚ ㄋㄚˋ]？
在哪裡？

❺ 問方式時使用 ……………………………………

Bagaimana?
[ㄅㄚˊ ㄍㄞˊ ㄇㄚ ㄋㄚˋ]？
如何？

❻ 問數字時使用 ……………………………………

Berapa?
[ㄅㄜˊ ㄖㄚ ㄅㄚˋ]？
多少？

認識印尼
Mengenal Indonesia

印尼的服裝

　　印尼常年氣候溫和，約 24℃～32℃，一般會穿著簡薄衣裝，短袖襯衫。

　　印尼各島的傳統服飾都不同，但最具有代表性的是以「batik」（臘染布）所製作的服飾，質料以絲或棉布為主，色彩鮮艷，圖案優美，相當具有民族特色，除了十分適合當地氣候，長袖可當作正式晚宴服。

　　2009 年 10 月 2 日，「batik」頒定為聯合國教科文組織非物質文化遺產，從此印尼政府將每年的 10 月 2 日訂定為全國蠟染日。現在的印尼，不管是學生、老師、上班族、或是公務員，每週五都會穿著「batik」服裝。

　　除了「batik」之外，常見的是「kebaya」（可芭雅服）。它是一有點透明或是薄棉布製成的開襟上衣。上衣的布邊、領口與袖口部份都有花朵圖案的刺繡。下身會搭配「batik」布料，不一定要跟上身同一個花色，但一定都是長裙類的。

　　回教徒的婦女們大部分都會包頭巾，用漂亮的別針固定頭巾的位置。有些頭巾上面還有流蘇、滾邊、繡花。印尼人非常注重穿著及打扮，參加會議或宴席時，大部分的人會先到沙龍梳頭髮以及化妝。由於氣候的關係，印尼人在一般日常生活時，穿得比較簡單輕便，只要搭配拖鞋就行了。

各式各樣的蠟染布「batik」

爪哇傳統婚禮，新娘穿上可芭雅服「kebaya」

星期五

145

Selamat datang.
[ㄙㄜ ㄌㄚ ㄇㄚㄊˋ]
[ㄉㄚ ㄉㄤˋ]
歡迎光臨。

星期六
Hari Sabtu

Ha-ri Sab-tu
[ㄏㄚ ㄖㄧˋ]
[ㄙㄚㄅˋ ㄉㄨˋ]

― 學習內容 ―

1. 數字：1、2、3
2. 購物：這～多少錢
3. 約會：何時、何處
4. 連絡：電話號碼

― 學習目標 ―

把最基本的數字、多少錢、地點、電話號碼等搞定，就可以開口說說印尼語，四處趴趴走了！加油！

星期六
Hari Sabtu

1. 數字：1、2、3

❶ 印尼語的數字 🔊 MP3-60

0	nol [ㄋㄛㄌˋ]
1	satu [ㄙㄚ ㄉㄨˋ]
2	dua [ㄉㄨ ㄨㄚˋ]
3	tiga [ㄉㄧ ㄍㄚˋ]
4	empat [ㄜㄇˋ ㄅㄚㄠˋ]
5	lima [ㄉㄧ ㄇㄚˋ]
6	enam [ㄜ ㄋㄚㄇˋ]
7	tujuh [ㄉㄨ ㄓㄨˋ]
8	delapan [ㄉㄜ ㄉㄚ ㄅㄢˋ]
9	sembilan [ㄙㄜㄇ ㄅㄧ ㄉㄢˋ]
10	sepuluh [ㄙㄜ ㄅㄨ ㄉㄨˋ]

148

11	**sebelas** [ㄙㄜ ㄅㄜ ㄌㄚㄙˋ]	
12	**dua belas** [ㄉㄨ ㄨㄚˋ][ㄅㄜ ㄌㄚㄙˋ]	
13	**tiga belas** [ㄉㄧ ㄍㄚˋ][ㄅㄜ ㄌㄚㄙˋ]	
14	**empat belas** [ㄜㄇˋ ㄅㄚㄊˋ][ㄅㄜ ㄌㄚㄙˋ]	
15	**lima belas** [ㄉㄧ ㄇㄚˋ][ㄅㄜ ㄌㄚㄙˋ]	
16	**enam belas** [ㄜ ㄋㄚㄇˋ][ㄅㄜ ㄌㄚㄙˋ]	
17	**tujuh belas** [ㄉㄨ ㄓㄨˋ][ㄅㄜ ㄌㄚㄙˋ]	
18	**delapan belas** [ㄉㄜ ㄉㄚ ㄅㄢˋ][ㄅㄜ ㄌㄚㄙˋ]	
19	**sembilan belas** [ㄙㄜㄇ ㄅㄧ ㄌㄢˋ][ㄅㄜ ㄌㄚㄙˋ]	
20	**dua puluh** [ㄉㄨ ㄨㄚˋ][ㄅㄨ ㄌㄨˋ]	
21	**dua puluh satu** [ㄉㄨ ㄨㄚˋ][ㄅㄨ ㄌㄨˋ][ㄙㄚ ㄉㄨˋ]	
22	**dua puluh dua** [ㄉㄨ ㄨㄚˋ][ㄅㄨ ㄌㄨˋ][ㄉㄨ ㄨㄚˋ]	

星期六

星期六
Hari Sabtu

23	**dua puluh tiga** [ㄉㄨ ㄨㄚˋ][ㄅㄨ ㄉㄨˋ][ㄉㄧ ㄍㄚˋ]
24	**dua puluh empat** [ㄉㄨ ㄨㄚˋ][ㄅㄨ ㄉㄨˋ][ㄜㄇˋ ㄅㄚㄤˋ]
25	**dua puluh lima** [ㄉㄨ ㄨㄚˋ][ㄅㄨ ㄉㄨˋ][ㄉㄧ ㄇㄚˋ]
26	**dua puluh enam** [ㄉㄨ ㄨㄚˋ][ㄅㄨ ㄉㄨˋ][ㄜ ㄋㄚㄇˋ]
27	**dua puluh tujuh** [ㄉㄨ ㄨㄚˋ][ㄅㄨ ㄉㄨˋ][ㄉㄨ ㄓㄨˋ]
28	**dua puluh delapan** [ㄉㄨ ㄨㄚˋ][ㄅㄨ ㄉㄨˋ][ㄉㄜ ㄉㄚ ㄅㄢˋ]
29	**dua puluh sembilan** [ㄉㄨ ㄨㄚˋ][ㄅㄨ ㄉㄨˋ][ㄙㄜㄇ ㄅㄧ ㄉㄢˋ]
30	**tiga puluh** [ㄉㄧ ㄍㄚˋ][ㄅㄨ ㄉㄨˋ]
31	**tiga puluh satu** [ㄉㄧ ㄍㄚˋ][ㄅㄨ ㄉㄨˋ][ㄙㄚ ㄉㄨˋ]
...	...
40	**empat puluh** [ㄜㄇˋ ㄅㄚㄤˋ][ㄅㄨ ㄉㄨˋ]
50	**lima puluh** [ㄉㄧ ㄇㄚˋ][ㄅㄨ ㄉㄨˋ]

60	**enam puluh** [ㄜ ㄋㄚㄇˋ][ㄅㄨ ㄌㄨˋ]	
70	**tujuh puluh** [ㄉㄨ ㄓㄨˋ][ㄅㄨ ㄌㄨˋ]	
80	**delapan puluh** [ㄉㄜ ㄉㄚ ㄅㄢˋ][ㄅㄨ ㄌㄨˋ]	
90	**sembilan puluh** [ㄙㄜㄇ ㄅㄧ ㄌㄢˋ][ㄅㄨ ㄌㄨˋ]	
...	...	
100	**seratus** [ㄙㄜ ㄖㄚ ㄉㄨㄙˋ]	

星期六

星期六
Hari Sabtu

❷ 印尼語的單位 🔊 MP3-61

satu 是 1、10、100 和 1,000 的表示方法，例如：

10　　= **1** +十位數　= **satu** + **puluh**　= **sepuluh**
100　 = **1** +百位數　= **satu** + **ratus**　= **seratus**
1,000 = **1** +千位數　= **satu** + **ribu**　　= **seribu**

印尼語的單位：

1 satu ＝ se（個位數） [ㄙㄚ　ㄉㄨˋ]
puluh（十位數） [ㄅㄨ　ㄉㄨˋ]
ratus（百位數） [ㄖㄚ　ㄉㄨㄙˋ]
ribu（千位數） [ㄖ一　ㄅㄨˋ]
puluh ribu（萬） [ㄅㄨ　ㄉㄨˋ][ㄖ一　ㄅㄨˋ]
ratus ribu（十萬，印尼的華人會把它説「百千」） [ㄖㄚ　ㄉㄨㄙˋ][ㄖ一　ㄅㄨˋ]
juta（百萬，印尼的華人會把它説「條」） [ㄓㄨ　ㄉㄚˋ]
ratus juta（億，印尼的華人會把它説「百條」） [ㄖㄚ　ㄉㄨㄙˋ][ㄓㄨ　ㄉㄚˋ]

miliar（百億，印尼人會把它説「M」）
[ㄇㄧˋ ㄌㄧ ㄧㄚㄖˋ]

Rupiah(Rp) 印尼盾
[ㄖㄨˊ ㄅㄧ ㄧㄚˋ]

※ 注意！

當我們要説其他的數字時，直接把前面的「se-」換成要説的數字即可，例如：

500	＝ 5 ＋百位數	＝ lima ＋ ratus	＝ lima ratus
2,000	＝ 2 ＋千位數	＝ dua ＋ ribu	＝ dua ribu
13,000	＝ 13＋千位數	＝ tiga belas ＋ ribu	＝ tiga belas ribu
300,000	＝ 3 ＋百位數＋千位數	＝ tiga ＋ ratus ＋ ribu	＝ tiga ratus ribu

星期六
Hari Sabtu

2. 購物：這～多少錢？

❶ 用印尼語詢問多少錢　MP3-62

Berapa harga baju ini?
[ㄅㄜˊ ㄖㄚ ㄅㄚˋ][ㄏㄚㄖ ㄍㄚˋ][ㄅㄚˋ ㄓㄨˋ]
[ㄧ ㄋㄧˋ]？
這件衣服多少錢？

sepatu
[ㄙㄜˊ ㄅㄚ ㄉㄨˋ]
鞋子

請把以下的單字套進例句中的**標色字**位置，開口說說看吧！

apel
[ㄚ ㄅㄜㄌˋ]
蘋果

celana
[ㄗㄜ ㄉㄚ ㄋㄚˋ]
褲子

buku
[ㄅㄨ ㄍㄨˋ]
書

❷ 印尼語的「它」 🔊 MP3-63

　　-nya（它）代表我們正在說的物品，如同英文裡「it」的用法。所以假設在對話裡雙方已經知道他們所說的物品時，便可以直接說：

Berapa harganya?
[ㄅㄜˊ ㄖㄚ ㄅㄚˋ][ㄏㄚ ㄍㄚˋ][ㄋㄧㄚˋ]？
它多少錢？

Lima ratus ribu rupiah.
[ㄌㄧ ㄇㄚˋ][ㄖㄚ ㄉㄨㄙˋ][ㄖㄧ ㄅㄨˋ]
[ㄖㄨˊ ㄅㄧ ㄧㄚˋ]
Rp500.000

> 請把以下的單字套進例句中的**標色字**位置，開口說說看吧！

dua puluh lima ribu rupiah
[ㄉㄨ ㄨㄚˋ][ㄅㄨ ㄌㄨˋ][ㄌㄧ ㄇㄚˋ]
[ㄖㄧ ㄅㄨˋ][ㄖㄨˊ ㄅㄧ ㄧㄚˋ]
Rp25.000

tiga ratus dua puluh ribu rupiah
[ㄉㄧ ㄍㄚˋ][ㄖㄚ ㄉㄨㄙˋ][ㄉㄨ ㄨㄚˋ][ㄅㄨ ㄌㄨˋ]
[ㄖㄧ ㄅㄨˋ][ㄖㄨˊ ㄅㄧ ㄧㄚˋ]
Rp320.000

星期六
Hari Sabtu

delapan ribu lima ratus rupiah

[ㄉㄜ ㄉㄚ ㄅㄢˋ][ㄖ一 ㄅㄨˋ]
[ㄉ一 ㄇㄚˋ][ㄖㄚ ㄉㄨㄥˋ][ㄖㄨˊ ㄅ一 一ㄚˋ]

Rp8.500

tujuh puluh empat juta rupiah

[ㄉㄨ ㄓㄨˋ][ㄅㄨ ㄉㄨˋ][ㄜㄇˋ ㄅㄚㄤˋ][ㄓㄨ ㄉㄚˋ]
[ㄖㄨˊ ㄅ一 一ㄚˋ]

Rp74.000.000

※ 注意！

在一般日常生活裡做交易時，我們可以省略「rupiah」這個字。

印尼最小的硬幣是 Rp100

印尼最大的硬幣是 Rp1.000

印尼最小的紙鈔是 Rp1.000

印尼最大的紙鈔是 Rp100.000

新版紙鈔樣貌可參考：https://ppid.serangkota.go.id/detailpost/bank-indonesia-resmi-luncurkan-7-pecahan-uang-baru

❸ 印尼語常用的購物句子 🔊MP3-64

Boleh tawar?
[ㄅㄛ ㄉㄝˋ][ㄉㄚ ㄨㄚㄖˋ]？
可以議價嗎？

Boleh kurang?
[ㄅㄛ ㄉㄝˋ][ㄍㄨ ㄖㄤˋ]？
可以算便宜嗎？

murah sekali
[ㄇㄨ ㄖㄚˋ][ㄙㄜ ㄍㄚ ㄉㄧˋ]
很便宜

mahal sekali
[ㄇㄚ ㄏㄚㄉˋ][ㄙㄜ ㄍㄚ ㄉㄧˋ]
很貴

bayar tunai
[ㄅㄚ ㄧㄚㄖˋ][ㄉㄨ ㄋㄞˋ]
付現金

pakai kartu kredit
[ㄅㄚ ㄍㄞˋ][ㄍㄚㄖˋ ㄉㄨˋ][ㄍㄖㄝˋ ㄉㄧㄊˋ]
用信用卡

tolong kasih bon
[ㄉㄛ ㄉㄨㄥˋ][ㄍㄚ ㄒㄧˋ][ㄅㄛㄣ]
請給我收據

星期六
Hari Sabtu

❹ 開口對話看看吧！ ◀ MP3-65

Penjual：Selamat pagi, Bu! Ada yang bisa dibantu?
[ㄅㄅˋ ㄓㄨ ㄨㄚㄌˋ]：[ㄙㄜ ㄌㄚ ㄇㄚㄠˋ][ㄅㄚ ㄍㄧˋ]，[ㄅㄨˋ]！
[ㄚ ㄉㄚˋ][ㄧㄤˋ][ㄅㄧ ㄙㄚˋ][ㄉㄧˋ][ㄅㄢ ㄉㄨˋ]？
賣方：女士，早安！有需要幫忙嗎？

Pembeli：Pagi, Pak! Saya mau membeli baju. Berapa harga baju ini?
[ㄅㄜㄇˋ ㄅㄜˊ ㄌㄧˋ]：[ㄅㄚ ㄍㄧˋ]，[ㄅㄚㄎˋ]！
[ㄙㄚ ㄧㄚˋ][ㄇㄠˋ][ㄇㄜㄇˋ ㄅㄜˊ ㄌㄧˋ][ㄅㄚˋ ㄓㄨˋ]。
[ㄅㄜˊ ㄖㄚ ㄅㄚˋ][ㄏㄚㄖ ㄍㄚˋ][ㄅㄚˋ ㄓㄨˋ][ㄧ ㄋㄧˋ]？
買方：先生，早！我要買衣服。這件衣服多少錢？

Penjual：Harganya delapan ratus ribu.
[ㄅㄅˋ ㄓㄨ ㄨㄚㄌˋ]：[ㄏㄚㄖ ㄍㄚˋ][ㄅㄧㄚˋ]
[ㄉㄜ ㄌㄚ ㄅㄢˋ][ㄖㄚ ㄉㄨㄙˋ][ㄖㄧ ㄅㄨˋ]。
賣方：它的價格 80 萬。

Pembeli：Mahal sekali. Boleh kurang?
[ㄅㄜㄇˋ ㄅㄜˊ ㄌㄧˋ]：[ㄇㄨ ㄏㄚㄉˋ][ㄙㄜ ㄍㄚ ㄌㄧˋ]。
[ㄅㄛ ㄌㄝˋ][ㄍㄨ ㄖㄤˋ]？
買方：很貴。可以便宜點嗎？

Penjual：**Beli dua, satu juta lima ratus ribu.**
[ㄅㄣˋ ㄓㄨ ㄨㄚㄌˋ]：[ㄅㄜˊ ㄌㄧˋ][ㄉㄨ ㄨㄚˋ]，
[ㄙㄚ ㄉㄨˋ][ㄓㄨ ㄉㄚˋ][ㄌㄧ ㄇㄚˋ][ㄖㄚ ㄉㄨㄙˋ][ㄖㄧ ㄅㄨˋ]。
賣方：買2件，算你150萬。

Pembeli：**Baiklah, saya beli dua.**
[ㄅㄜㄇˋ ㄅㄜˊ ㄌㄧˋ]：[ㄅㄚ ㄧㄎˋ][ㄌㄚˋ]，
[ㄙㄚ ㄧㄚˋ][ㄅㄜˊ ㄌㄧˋ][ㄉㄨ ㄨㄚˋ]。
買方：好吧，我買2件。

Penjual：**Terima kasih, Bu.**
[ㄅㄣˋ ㄓㄨ ㄨㄚㄌˋ]：[ㄉㄜ ㄖㄧ ㄇㄚˋ][ㄍㄚ ㄒㄧˋ]，[ㄅㄨˋ]。
賣方：謝謝，女士。

Pembeli：**Sama-sama, Pak.**
[ㄅㄜㄇˋ ㄅㄜˊ ㄌㄧˋ]：[ㄙㄚ ㄇㄚˋ][ㄙㄚ ㄇㄚˋ]，[ㄅㄚㄎˋ]。
買方：不客氣，先生。

星期六

159

星期六
Hari Sabtu

3. 約會：時間、場所

① 星期幾 🔊 MP3-66

Besok hari apa?
[ㄅㄝ ㄙㄛㄎˋ][ㄏㄚ ㄖㄧˋ][ㄚ ㄅㄚˋ]？
明天星期幾？

Besok hari Senin.
[ㄅㄝ ㄙㄛㄎˋ][ㄏㄚ ㄖㄧˋ][ㄙㄜ ㄋㄧㄣˋ]。
明天星期一。

Senin
[ㄙㄜ ㄋㄧㄣˋ]
星期一

> 請把以下的單字套進例句中的**標色字**位置，開口說說看吧！

Selasa
[ㄙㄜ ㄉㄚ ㄙㄚˋ]
星期二

Rabu
[ㄖㄚ ㄅㄨˋ]
星期三

Kamis
[ㄍㄚ ㄇㄧㄥˋ]
星期四

Jumat
[ㄓㄨㄇˋ ㄚㄠˋ]
星期五

Sabtu
[ㄙㄚㄅˋ ㄅㄨˋ]
星期六

Minggu
[ㄇㄧㄥˋ ㄍㄨˋ]
星期日

星期六
Hari Sabtu

❷ 昨天、今天、明天 🔊 MP3-67

Besok hari apa?
[ㄅㄜ ㄙㄛㄎˋ][ㄏㄚ ㄖㄧˋ][ㄚ ㄅㄚˋ]？
明天星期幾？

hari ini
[ㄏㄚ ㄖㄧˋ][ㄧ ㄋㄧˋ]
今天

kemarin
[ㄍㄜ ㄇㄚ ㄖㄧㄣˋ]
昨天

lusa
[ㄌㄨ ㄙㄚˋ]
後天

請把以下的單字套進例句中的**標色字**位置，開口說說看吧！

❸ 月份 🔊 MP3-68

　　用「apa」或「berapa」問月份時，其實意思是一樣的，但是回答方式不一樣。「apa」是問「什麼」，「berapa」是問「多少」（數字請參考 P.144）。

Ini bulan apa?
[ㄧ ㄋㄧˋ][ㄅㄨ ㄌㄢˋ]
[ㄚ ㄅㄚˋ]？
這是什麼月份？

Ini bulan berapa?
[ㄧ ㄋㄧˋ][ㄅㄨ ㄌㄢˋ]
[ㄅㄜˊ ㄖㄚ ㄅㄚˋ]？
這是幾月份？

Ini bulan Januari.
[ㄧ ㄋㄧˋ][ㄅㄨ ㄌㄢˋ]
[ㄓㄚ ㄋㄨˊ ㄚ ㄖㄧˋ]。
這是 1 月份。

Ini bulan satu.
[ㄧ ㄋㄧˋ][ㄅㄨ ㄌㄢˋ]
[ㄙㄚ ㄉㄨˋ]。
這是 1 月份。

Januari
[ㄓㄚˋ ㄋㄨˊ ㄨㄚ ㄖㄧˋ]
1 月

Februari
[ㄈㄝㄅˋ ㄖㄨˊ ㄨㄚ ㄖㄧˋ]
2 月

> 請把以下的單字套進例句中的**標色字**位置，開口說說看吧！

星期六
Hari Sabtu

Maret
[ㄇㄚ ㄖㄜㄊˋ]
3月

April
[ㄚㄆˋ ㄖㄧㄌˋ]
4月

Mei
[ㄇㄟˋ]
5月

Juni
[ㄓㄨ ㄋㄧˋ]
6月

Juli
[ㄓㄨ ㄌㄧˋ]
7月

Agustus
[ㄚˊ ㄍㄨㄙˋ ㄉㄨㄙˋ]
8月

September
[ㄙㄝㄆˋ ㄉㄝㄇˇ ㄅㄜㄖˋ]
9 月

Oktober
[ㄛㄎˋ ㄉㄛ ㄅㄜㄖˋ]
10 月

November
[ㄋㄛˊ ㄈㄝㄇˇ ㄅㄜㄖˋ]
11 月

Desember
[ㄉㄝˊ ㄙㄝㄇˇ ㄅㄜㄖˋ]
12 月

星期六

星期六
Hari Sabtu

❹ 時間 🔊 MP3-69

Jam berapa sekarang?
[ㄓㄚㄇˋ][ㄅㄜˊ ㄖㄚ ㄅㄚˋ][ㄙㄜ ㄍㄚ ㄖㄤˋ]？
現在幾點？

Jam satu siang.
[ㄓㄚㄇˋ][ㄙㄚ ㄉㄨˋ][ㄒㄧ ㄤˋ]。
下午一點鐘。

請把以下的單字套進例句中的**標色字**位置，開口說説看吧！

setengah dua
[ㄙㄜ ㄉㄜˋ ㄥㄚ]
[ㄉㄨ ㄨㄚˋ]
1 點半

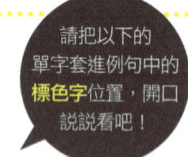

satu lewat lima belas menit
[ㄙㄚ ㄉㄨˋ][ㄌㄝ ㄨㄚㄊˋ][ㄌㄧ ㄇㄚˋ]
[ㄅㄜ ㄌㄚㄙˋ][ㄇㄜ ㄋㄧㄊˋ]
1 點 15 分

delapan kurang sepuluh menit
[ㄉㄜ ㄉㄚ ㄅㄢˋ][ㄍㄨ ㄖㄤˋ]
[ㄙㄜ ㄅㄨ ㄉㄨˋ][ㄇㄜ ㄋㄧㄊˋ]
8 點少 10 分

lima sore
[ㄌㄧ ㄇㄚˋ][ㄙㄛ ㄖㄝˋ]
下午 5 點

setengah tujuh
[ㄙㄜ ㄉㄜ ㄥㄚˋ][ㄉㄨ ㄓㄨˋ]
6 點半

sebelas kurang dua puluh menit
[ㄙㄜ ㄅㄜ ㄌㄚㄙˋ][ㄍㄨ ㄖㄤˋ]
[ㄉㄨ ㄨㄚˋ][ㄅㄨ ㄉㄨˋ][ㄇㄜ ㄋㄧㄊˋ]
11 點少 20 分

empat lewat dua puluh menit
[ㄜㄇˋ ㄅㄚㄤˋ][ㄌㄝ ㄨㄚㄤˋ]
[ㄉㄨ ㄨㄚˋ][ㄅㄨ ㄉㄨˋ][ㄇㄜ ㄋㄧㄊˋ]
4 點多 20 分

※ 時間相關詞彙

jam berapa	幾點	**lewat**	超過、經過
sekarang	現在	**menit**	分鐘
setengah	半	**kurang**	缺少、減少

星期六

星期六
Hari Sabtu

❺ 地點 🔊 MP3-70

Bertemu di mana?
[ㄅㄜㄖˋ ㄉㄜˊ ㄇㄨˋ][ㄉㄧˊ][ㄇㄚ ㄋㄚˋ]？
在哪裡見面？

Bertemu di lobi hotel.
[ㄅㄜㄖˋ ㄉㄜˊ ㄇㄨˋ][ㄉㄧˊ][ㄌㄛˋ ㄅㄧˋ][ㄏㄛ ㄉㄜㄌˋ]
在飯店大廳見面。

請把以下的單字套進例句中的**標色字**位置，開口說說看吧！

perempatan jalan
[ㄅㄜ ㄖㄜㄇˋ ㄅㄚˋ ㄉㄢˋ][ㄓㄚˋ ㄉㄢˋ]
十字路口

rumah sakit
[ㄖㄨ ㄇㄚˋ][ㄙㄚ ㄍㄧㄤˋ]
醫院

restoran
[ㄖㄝㄙˋ ㄉㄛ ㄖㄢˋ]
餐廳

168

rumah Anita
[ㄖㄨ ㄇㄚˋ][ㄚˊ ㄋㄧ ㄉㄚˋ]
安妮塔的家

※ 見面的相關詞彙

bertemu　　見面（原型：temu）
lobi　　大廳

星期六
Hari Sabtu

❻ 開口對話看看吧！（見面時） 🔊 MP3-71

Dion：Selamat malam, Anita! Besok ada waktu?
[ㄉㄧˋ ㄛㄣˋ]：[ㄙㄜ ㄌㄚ ㄇㄚㄤˊ][ㄇㄚ ㄉㄚㄇˋ]，
[ㄚˊ ㄋㄧ ㄉㄚˋ]！[ㄅㄝ ㄙㄛㄎˋ][ㄚ ㄉㄚˋ][ㄨㄚㄎˋ ㄉㄨˋ]?

狄翁：安妮塔，晚安！明天有空嗎？

Anita：Malam, Pak Dion! Besok hari apa ya?
[ㄚˊ ㄋㄧ ㄉㄚˋ]：[ㄇㄚ ㄉㄚㄇˋ]，[ㄅㄚㄎˋ][ㄉㄧˋ ㄛㄣˋ]！
[ㄅㄝ ㄙㄛㄎˋ][ㄏㄚ ㄖㄧˋ][ㄚ ㄅㄚˋ][ㄧㄚˊ]?

安妮塔：晚安，狄翁先生！明天星期幾呢？

Dion：Besok hari kamis.
[ㄉㄧˋ ㄛㄣˋ]：[ㄅㄝ ㄙㄛㄎˋ][ㄏㄚ ㄖㄧˋ][ㄍㄚ ㄇㄧㄙˋ]。

狄翁：明天星期四。

Anita：Oh, besok saya ada waktu. Jam berapa, Pak?
[ㄚˊ ㄋㄧ ㄉㄚˋ]：[ㄛˋ]，[ㄅㄝ ㄙㄛㄎˋ][ㄙㄚ ㄧㄚˋ]
[ㄚ ㄉㄚˋ][ㄨㄚㄎˋ ㄉㄨˋ]。
[ㄓㄚㄇˋ][ㄅㄛˊ ㄖㄚ ㄅㄚˋ]，[ㄅㄚㄎˋ]?

安妮塔：喔，明天我有空。幾點，先生？

Dion： **Jam setengah tiga sore.**
[ㄉㄧˋ ㄛㄥˋ]：[ㄓㄚㄇˋ][ㄙㄜ ㄉㄜ ㄥㄚˋ][ㄉㄧ ㄍㄚˋ][ㄙㄛ ㄖㄜˋ]。
狄翁：下午兩點半。

Anita： **Bertemu di mana, Pak?**
[ㄚˊ ㄋㄧ ㄉㄚˋ]：[ㄅㄜㄖˋ ㄉㄜˊ ㄇㄨˋ][ㄉㄧˊ][ㄇㄚˊ ㄋㄚˋ],
[ㄅㄚㄎˋ]？
安妮塔：在哪裡見面，先生？

Dion： **Bertemu di lobi Hotel Ramayana.**
[ㄉㄧˋ ㄛㄥˋ]：[ㄅㄜㄖˋ ㄉㄜˊ ㄇㄨˋ][ㄉㄧˊ][ㄉㄛˋ ㄅㄧˋ]
[ㄏㄛ ㄉㄜㄌˋ][ㄖㄚˊ ㄇㄚˊ ㄧㄚ ㄋㄚˋ]。
狄翁：在拉瑪亞那飯店大廳見面。

Anita： **Baik, Pak. Sampai bertemu besok.**
[ㄚˊ ㄋㄧ ㄉㄚˋ]：[ㄅㄚ ㄧㄎˋ],[ㄅㄚㄎˋ]。
[ㄙㄚㄇˋ ㄅㄞˋ][ㄅㄜㄖˋ ㄉㄜˊ ㄇㄨˋ][ㄅㄜ ㄙㄛㄎˋ]。
安妮塔：好的，先生。明天見。

Dion： **Sampai besok.**
[ㄉㄧˋ ㄛㄥˋ]：[ㄙㄚㄇˋ ㄅㄞˋ][ㄅㄜ ㄙㄛㄎˋ]。
狄翁：明天見。

星期六

星期六
Hari Sabtu

❼ 開口對話看看吧！（電話中） 🔊 MP3-72

Adi：Hallo, selamat siang! Saya Adi dari Perusahaan Satu Dua Tiga.

[ㄚ ㄉㄧˋ]：[ㄏㄚˊ ㄌㄛˋ]，[ㄙㄜ ㄌㄚ ㄇㄧㄠˋ][ㄒㄧ ㄤˋ]！
[ㄙㄚ ㄧㄚˋ][ㄚ ㄉㄧˋ][ㄉㄚˊ ㄖㄧˋ][ㄅㄛˊ ㄖㄨˊ ㄙㄚˊ ㄏㄚ ㄋˋ]
[ㄙㄚ ㄉㄨˋ][ㄉㄨ ㄨㄚˋ][ㄉㄧ ㄍㄚˋ]。

阿弟：喂，午安！我是一二三公司的阿弟。

Ami：Hallo, selamat siang, Pak Adi! Saya Ami, ada yang bisa saya bantu?

[ㄚ ㄇㄧˋ]：[ㄏㄚˊ ㄌㄛˋ]，[ㄙㄜ ㄌㄚ ㄇㄧㄠˋ][ㄒㄧ ㄧㄤˋ]，
[ㄅㄚㄎˋ][ㄚ ㄉㄧˋ]！[ㄙㄚ ㄧㄚˋ][ㄚ ㄇㄧˋ]，
[ㄚ ㄉㄚˋ][ㄧㄤˋ][ㄅㄧ ㄙㄚˋ][ㄙㄚ ㄧㄚˋ][ㄅㄢ ㄉㄨˋ]？

阿米：喂，午安阿弟先生！我是阿米，有需要幫忙嗎？

Adi：Bu Ami, saya mau bertemu dengan Bapak Direktur Utama. Kapan beliau bisa ditemui?

[ㄚ ㄉㄧˋ]：[ㄅㄨˋ][ㄚ ㄇㄧˋ]，
[ㄙㄚ ㄧㄚˋ][ㄇㄠˋ][ㄅㄜㄖˋ ㄉㄜˊ ㄇㄨˋ][ㄉㄜ ㄥˋ]
[ㄅㄚ ㄅㄚㄎˋ][ㄉㄧˊ ㄖㄝㄎˋ ㄉㄨㄖˋ][ㄨ ㄉㄚ ㄇㄚˋ]。
[ㄍㄚ ㄅㄢˋ][ㄅㄜˊ ㄌㄧ ㄠˋ][ㄅㄧ ㄙㄚˋ][ㄉㄧˋ][ㄉㄜˊ ㄇㄨ ㄧˋ]？

阿弟：阿米女士，我想與總經理約見面。何時能見到他呢？

Ami：**Beliau bisa ditemui hari Rabu tanggal 18 April jam 10 pagi.**

[ㄚ ㄇㄧˋ]：[ㄅㄛˊ ㄌㄧ ㄧㄠˋ][ㄅㄧ ㄙㄚˋ]
[ㄉㄧˋ][ㄉㄛˊ ㄇㄨ ㄧˋ][ㄏㄚ ㄖㄧˋ][ㄖㄚ ㄅㄨˋ]
[ㄉㄤˋ ㄍㄚㄌˋ][ㄉㄛ ㄉㄚ ㄋㄢˋ][ㄅㄛ ㄉㄚㄥˋ][ㄚㄡˋ ㄖㄧㄌˋ]
[ㄓㄚㄇˋ][ㄙㄛ ㄅㄨ ㄌㄨˋ][ㄅㄚ ㄍㄧˋ]。

阿米：星期三 4 月 18 日上午 10 點能見到他。

Adi：**Baik, Bu Ami, saya akan ke kantor Anda, hari Rabu tanggal 18 April sebelum jam 10 pagi.**

[ㄚ ㄉㄧˋ]：[ㄅㄚ ㄧㄎˋ]，[ㄅㄨˋ][ㄚ ㄇㄧˋ]，
[ㄙㄚ ㄧㄚˋ][ㄚ ㄍㄢˋ][ㄍㄛˋ][ㄍㄢˋ ㄉㄛㄖˋ][ㄢˋ ㄉㄚˋ]，
[ㄏㄚ ㄖㄧˋ][ㄖㄚ ㄅㄨˋ][ㄉㄤˋ ㄍㄚㄌˋ]
[ㄉㄛ ㄉㄚ ㄋㄢˋ][ㄅㄛ ㄉㄚㄥˋ][ㄚㄡˋ ㄖㄧㄌˋ]
[ㄙㄛ ㄅㄛ ㄌㄨㄇˋ][ㄓㄚㄇˋ][ㄙㄛ ㄅㄨ ㄌㄨˋ][ㄅㄚ ㄍㄧˋ]。

阿弟：好的，阿米女士，我將在星期三 4 月 18 日上午 10 點前到貴公司。

Ami：**Terima kasih, Pak Adi.**

[ㄚ ㄇㄧˋ]：[ㄉㄛ ㄖㄧ ㄇㄚˋ][ㄍㄚ ㄒㄧˋ]，[ㄅㄚㄎˋ][ㄚ ㄉㄧˋ]。

阿米：謝謝，阿弟先生。

星期六
Hari Sabtu

※ 電話用語的相關詞彙

perusahaan	公司
direktur utama	總經理
mau	要
ditemui	見面（被動用法，原型是 temu）
kantor	辦公室
sebelum	前

4. 連絡：電話號碼 　MP3-73

Berapa nomor telepon Anda?
[ㄅㄜˊ ㄖㄚ ㄅㄚˋ][ㄋㄛ ㄇㄛㄖˋ][ㄉㄜˊ ㄌㄜ ㄅㄛㄣˋ]
[ㄋˋ ㄉㄚˋ]？

您的電話號碼幾號呢？

Nomor telepon saya
nol delapan satu satu — lima delapan sembilan tiga — lima tujuh dua satu.

[ㄋㄛ ㄇㄛㄖˋ][ㄉㄜˊ ㄌㄜ ㄅㄛㄣˋ][ㄙㄚ ㄧㄚˋ]
[ㄋㄛㄌˋ][ㄉㄜ ㄉㄚ ㄅㄢˋ][ㄙㄚ ㄉㄨˋ][ㄙㄚ ㄉㄨˋ]–[ㄉ
ㄧ ㄇㄚˋ][ㄉㄜ ㄉㄚ ㄅㄢˋ][ㄙㄜㄇ ㄅㄧ ㄌㄢˋ]
[ㄉㄧ ㄍㄚˋ]–[ㄉㄧ ㄇㄚˋ][ㄉㄨ ㄓㄨˋ][ㄉㄨ ㄨㄚˋ]
[ㄙㄚ ㄉㄨˋ]。

我的電話號碼是 0811-5893-5721。

請把以下的數字套進例句中的**標色字**位置，開口說說看吧！

nol dua satu — lima lima enam — tiga satu tujuh dua

[ㄋㄛㄌˋ][ㄉㄨ ㄨㄚˋ][ㄙㄚ ㄉㄨˋ]–
[ㄉㄧ ㄇㄚˋ][ㄉㄧ ㄇㄚˋ][ㄜ ㄋㄚㄇˋ]–
[ㄉㄧ ㄍㄚˋ][ㄙㄚ ㄉㄨˋ][ㄉㄨ ㄓㄨˋ][ㄉㄨ ㄨㄚˋ]
021-556-3172

星期六
Hari Sabtu

nol empat satu satu — tiga enam empat — tujuh delapan sembilan lima

[ㄋㄛㄌˋ][ㄜㄇˋ ㄅㄚㄥˋ][ㄙㄚ ㄉㄨˋ][ㄙㄚ ㄉㄨˋ]-[ㄉ
ㄧ ㄍㄚˋ][ㄜ ㄋㄚㄇˋ][ㄜㄇˋ ㄅㄚㄥˋ]-
[ㄉㄨ ㄓㄨˋ][ㄉㄜ ㄉㄚ ㄅㄢˋ][ㄙㄜㄇ ㄅㄧ ㄌㄢˋ]
[ㄌㄧ ㄇㄚˋ]

0411-364-7895

nol tiga satu — tiga tujuh dua — satu dua tiga empat

[ㄋㄛㄌˋ][ㄉㄧ ㄍㄚˋ][ㄙㄚ ㄉㄨˋ]-
[ㄉㄧ ㄍㄚˋ][ㄉㄨ ㄓㄨˋ][ㄉㄨ ㄨㄚˋ]-
[ㄙㄚ ㄉㄨˋ][ㄉㄨ ㄨㄚˋ][ㄉㄧ ㄍㄚˋ][ㄜㄇˋ ㄅㄚㄥˋ]

031-372-1234

nol enam satu — tujuh tiga tiga — tiga delapan kosong nol nol

[ㄋㄛㄌˋ][ㄜ ㄋㄚㄇˋ][ㄙㄚ ㄉㄨˋ]-
[ㄉㄨ ㄓㄨˋ][ㄉㄧ ㄍㄚˋ][ㄉㄧ ㄍㄚˋ]-
[ㄉㄧ ㄍㄚˋ][ㄉㄜ ㄉㄚ ㄅㄢˋ][ㄋㄛㄌˋ]
[ㄋㄛㄌˋ]

061-733-3800

認識印尼
Mengenal Indonesia

印尼的飲食習慣

　　由於印尼氣候溫熱，因此在飲食方面會以加重調味的方式來增進食慾。調味通常會用辣椒，而且喜歡加入當地盛產的香料，如胡椒、丁香、豆蔻等，甚至是椰漿。印尼人也很喜歡吃油炸的食物，如：炸蝦餅、炸菠菜、炸雞爪、炸牛皮等。

　　大部分的印尼人是以稻米為主食，不過也有些地方是以玉米、蕃薯。印尼有許多的淡水養殖業，所以有豐富的海鮮可以利用。更因為四季皆夏，所以終年皆可吃到熱帶蔬果。

　　印尼也因為宗教的影響，習慣用右手而不用左手。印尼人用右手來吃飯、拿取及傳遞食物。通常在吃飯或吃點心時，都會直接用右手抓起吃的，因此在許多餐廳中會看到一碗水，裡頭有一片檸檬，放在餐具旁邊，這是飯前飯後洗手用的。此外，回教徒忌諱吃豬肉食品、喝烈酒等。

　　具有代表性的印尼美食，如：巴東牛肉（rendang）、沙嗲（sate / satai）、印尼梭多雞絲湯（soto ayam）、薑黃飯（nasi kuning）、加多加多（gado-gado；印尼式蔬菜沙拉，淋花生醬）等。

Selamat berlibur.
[ㄙㄜ ㄌㄚ ㄇㄚㄊˋ]
[ㄅㄜㄖˊ ㄌㄧ ㄅㄨㄖˋ]
假期愉快。

星期日

Hari Minggu

Ha-ri Ming-gu
[ㄏㄚ ㄖㄧˋ]
[ㄇㄧㄥˋ ㄍㄨˋ]

－學習內容－

1. 去哪裡？
2. 點餐
3. 看醫生
4. 我喜歡……（興趣）

－學習目標－

把最基本的「去哪裡」、「點餐」、「看醫生」、「我喜歡……」搞定，不僅僅可以開口說說印尼語，您還是印尼語達人了！加油！

星期日
Hari Minggu

1. 去哪裡？ MP3-74

❶ 詢問去處

Mau ke mana?
[ㄇㄠˋ][ㄍㄜˊ][ㄇㄚ ㄋㄚˋ]？
要去哪裡？

Mau ke Jepang.
[ㄇㄠˋ][ㄍㄜˊ][ㄓㄜˊ ㄅㄤˋ]。
要去日本。

> 請把以下的單字套進例句中的**標色字**位置，開口說說看吧！

pelabuhan
[ㄅㄜˊ ㄌㄚˊ ㄅㄨ ㄏㄢˋ]
碼頭

stasiun kereta api
[ㄙㄉㄚˊ ㄒㄧ ㄨㄣˋ]
[ㄍㄜˊ ㄖㄝ ㄉㄚˋ]
[ㄚ ㄅㄧˋ]
火車站

bandara
[ㄅㄢˋ ㄉㄚ ㄖㄚˋ]
飛機場

luar kota
[ㄌㄨˋ ㄨㄚㄖˋ][ㄍㄛ ㄉㄚˋ]
郊外

pantai
[ㄅㄢˋ ㄉㄞˋ]
海邊

🔊 MP3-75

❷ 問票價

                                     A   B

Berapa harga tiket pesawat ke Taiwan?
[ㄅㄜˊ ㄖㄚ ㄅㄚˋ][ㄏㄚㄖ ㄍㄚˋ][ㄉㄧ ㄍㄝㄊˋ]
[ㄅㄜˊ ㄙㄚ ㄨㄚㄊˋ][ㄍㄜˊ][ㄉㄞˋ ㄨㄢˊ]？
到臺灣的機票多少錢？

請把以下的單字套進例句中的**標色字**位置，開口說說看吧！

A：交通工具

bis
[ㄅㄧㄙˋ]
巴士

kereta api
[ㄍㄜˊ ㄖㄝ ㄉㄚˋ]
[ㄚ ㄅㄧˋ]
火車

kapal
[ㄍㄚ ㄅㄚㄉˋ]
船

B：目的地

Bandung
[ㄅㄢˋ ㄉㄨㄥˋ]
萬隆

Surabaya
[ㄙㄨˊ ㄖㄚˊ ㄅㄚ ㄧㄚˋ]
泗水

Menado
[ㄇㄜˊ ㄋㄚ ㄉㄛˋ]
美納多

星期日

星期日
Hari Minggu

◀ MP3-76

❸ 來回票價

Tiket pulang pergi lima juta rupiah.
[ㄉㄧ ㄍㄟㄊˋ][ㄅㄨ ㄌㄤˋ][ㄅㄛㄖˋ ㄍㄧˋ]
[ㄉㄧ ㄇㄚˋ][ㄓㄨ ㄉㄚˋ][ㄖㄨˊ ㄅㄧ ㄧㄚˋ]。
來回票 Rp5.000.000。

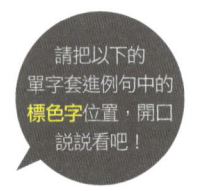

sekali jalan
[ㄙㄜ ㄍㄚ ㄌㄧˋ][ㄓㄚˋ ㄉㄢˋ]
單程

請把以下的單字套進例句中的**標色字**位置，開口說說看吧！

pulang
[ㄅㄨ ㄌㄤˋ]
回程

pergi
[ㄅㄛㄖˋ ㄍㄧˋ]
去程

182

2. 點餐　🔊 MP3-77

❶ 要點什麼？

Mau pesan apa, Bu?
[ㄇㄠˋ][ㄅㄜˊ ㄙㄢˋ][ㄚ ㄅㄚˋ]，[ㄅㄨˋ]？
要點什麼，女士？

Gado-gado satu, terima kasih.
[ㄍㄚˋ ㄉㄛˋ][ㄍㄚˋ ㄉㄛˋ][ㄙㄚ ㄉㄨˋ]，
[ㄉㄜ ㄖㄧ ㄇㄚˋ][ㄍㄚ ㄒㄧˋ]。
「加多加多」一份，謝謝。

※ 加多加多（gado-gado）是一種淋花生醬的蔬菜沙拉，是印尼很有特色及代表的菜名。

※ 注意！
假如對方問要點什麼，基本上只要直接回答菜名，對方也會懂。

> 請把以下的單字套進例句中的**標色字**位置，開口說説看吧！

nasi goreng
[ㄋㄚ ㄒㄧˋ][ㄍㄛ ㄖㄥˋ]
炒飯

rendang
[ㄖㄣˋ ㄉㄤˋ]
巴東牛肉

bubur ayam
[ㄅㄨ ㄅㄨㄖˋ][ㄚ ㄧㄚㄇˋ]
雞肉粥

ayam goreng
[ㄚ ㄧㄚㄇˋ][ㄍㄛ ㄖㄥˋ]
炸雞

星期日

星期日 Hari Minggu

soto ayam
[ㄙㄛ ㄉㄛˋ][ㄚ ㄧㄚㄇˋ]
印尼梭多雞絲湯

sup buntut
[ㄙㄨㄅˋ][ㄅㄨㄣ ㄉㄨㄊˋ]
牛尾湯

nasi kuning
[ㄋㄚ ㄒㄧˋ][ㄍㄨ ㄋㄧㄥˋ]
薑黃飯

tahu goreng
[ㄉㄚ ㄏㄨˋ][ㄍㄛ ㄖㄥˋ]
炸豆腐

ikan goreng
[ㄧ ㄍㄋˋ][ㄍㄛ ㄖㄥˋ]
炸魚

daging ayam
[ㄉㄚ ㄍㄧㄥˋ][ㄚ ㄧㄚㄇˋ]
雞肉

daging sapi
[ㄉㄚ ㄍㄧㄥˋ][ㄙㄚ ㄅㄧˋ]
牛肉

daging kambing
[ㄉㄚ ㄍㄧㄥˋ]
[ㄍㄚㄇˋ ㄅㄧㄥˋ]
羊肉

daging babi
[ㄉㄚ ㄍㄧㄥˋ][ㄅㄚ ㄅㄧˋ]
豬肉

🔊 MP3-78

❷ 印尼語中點餐時常用的句子

enak sekali
[ㄝ ㄋㄚㄎˋ][ㄙㄜ ㄍㄚ ㄌㄧˋ]
很好吃

tambah satu lagi
[ㄉㄚㄇˋ ㄅㄚˋ][ㄙㄚ ㄉㄨˋ][ㄉㄚ ㄍㄧˋ]
再加一份

pedas sekali
[ㄅㄜ ㄉㄚㄙˋ][ㄙㄜ ㄍㄚ ㄌㄧˋ]
很辣

pedas sedikit
[ㄅㄜ ㄉㄚㄙˋ][ㄙㄜ ㄉㄧ ㄍㄧㄊˋ]
小辣

tidak pedas
[ㄉㄧ ㄉㄚㄎˋ][ㄅㄜ ㄉㄚㄙˋ]
不辣

星期日

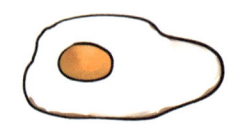

星期日
Hari Minggu

MP3-79

❸ 添加調味料

pakai sambal
[ㄅㄚ ㄍㄞˋ][ㄙㄚㄇˋ ㄅㄚㄉˋ]
加辣椒

tidak pakai sambal
[ㄉㄧ ㄉㄚㄎˋ][ㄅㄚ ㄍㄞˋ][ㄙㄚㄇˋ ㄅㄚㄉˋ]
不加辣椒

garam
[ㄍㄚ ㄖㄚㄇˋ]
鹽

gula
[ㄍㄨˋ ㄉㄚˋ]
糖

telur
[ㄉㄜˊ ㄉㄨㄖˋ]
蛋

es
[ㄝㄙˋ]
冰塊

請把以下的單字套進例句中的**標色字**位置，開口說說看吧！

🔊 MP3-80

❹ 開口對話看看吧！（點餐時）

Pelayan：**Selamat malam, Pak! Mau pesan apa?**
[ㄅㄜ ㄌㄚ ㄧㄢˋ]：[ㄙㄜ ㄌㄚ ㄇㄚㄠˋ][ㄇㄚ ㄌㄚㄇˋ]，[ㄅㄚㄎˋ]！
[ㄇㄠˋ][ㄅㄜˊ ㄙㄢˋ][ㄚ ㄅㄚˋ]？

服務員：晚安，先生！要點什麼嗎？

Tono：**Nasi goreng satu, soto ayam dua.**
[ㄉㄛ ㄋㄛˋ]：[ㄋㄚ ㄒㄧˋ][ㄍㄛ ㄖㄥˋ][ㄙㄚ ㄉㄨˋ]，
[ㄙㄛ ㄌㄛˋ][ㄚ ㄧㄚㄇˋ][ㄉㄨ ㄨㄚˋ]。

多諾：炒飯 1 份，印尼梭多雞絲湯 2 份。

Pelayan：**Baik, Pak. Mau minum apa?**
[ㄅㄜ ㄌㄚ ㄧㄢˋ]：[ㄅㄚ ㄧㄣˋ]，[ㄅㄚㄎˋ]。
[ㄇㄠˋ][ㄇㄧ ㄋㄨㄥˋ][ㄚ ㄅㄚˋ]？

服務員：好的，先生。要喝什麼嗎？

Tono：**Teh manis dua, tidak pakai es.**
[ㄉㄛ ㄋㄛˋ]：[ㄉㄝˋ][ㄇㄚ ㄋㄧㄙˋ][ㄉㄨ ㄨㄚˋ]，
[ㄉㄧ ㄉㄚㄎˋ][ㄅㄚ ㄍㄞˋ][ㄝㄙˋ]。

多諾：甜紅茶 2 杯，去冰。

Pelayan：**Baik, Pak. Silakan tunggu sebentar.**
[ㄅㄜ ㄌㄚ ㄧㄢˋ]：[ㄅㄚ ㄧㄣˋ]，[ㄅㄚㄎˋ]。
[ㄒㄧ ㄌㄚ ㄍㄢˋ][ㄉㄨㄥˋ ㄍㄨ][ㄙㄜ ㄅㄣˋ ㄉㄚㄖˋ]

服務員：好的，先生。請稍待一下。

星期日

星期日
Hari Minggu

Tono：**Terima kasih.**
[ㄉㄛ ㄋㄛˋ]：[ㄉㄜ ㄖㄧ ㄇㄚˋ][ㄍㄚ ㄒㄧˋ]。
多諾：謝謝。

上菜時：

Pelayan：**Selamat menikmati.**
[ㄅㄜ ㄉㄚ ㄧㄢˋ]：[ㄙㄜ ㄉㄚ ㄇㄚㄤˋ][ㄇㄜ ㄋㄧㄅˋ ㄇㄚ ㄉㄧˋ]。
服務員：請享用。

Tono：**Terima kasih.**
[ㄉㄛ ㄋㄛˋ]：[ㄉㄜ ㄖㄧ ㄇㄚˋ][ㄍㄚ ㄒㄧˋ]。
多諾：謝謝。

3. 看醫生 🔊 MP3-81

❶ 生什麼病？

Saya sakit. Saya mau ke dokter.
[ㄙㄚ ㄧㄚˋ][ㄙㄚ ㄍㄧㄤˋ]。
[ㄙㄚ ㄧㄚˋ][ㄇㄠˋ][ㄍㄜˋ][ㄉㄛㄎˋ ㄉㄜ日ˋ]。
我生病。我要看醫生。

Sakit apa?
[ㄙㄚ ㄍㄧㄤˋ][ㄚ ㄅㄚˋ]？
生什麼病呢？

Sakit demam berdarah.
[ㄙㄚ ㄍㄧㄤˋ][ㄉㄜ ㄇㄚㄇˋ][ㄅㄜ日ˋ ㄉㄚ 日ㄚˋ]。
感染登革熱。

※ 注意！
在不正式場面回答時，可以不再重複説「sakit」這個字，可以直接説病名就行了。

> 請把以下的單字套進例句中的**標色字**位置，開口說說看吧！

diare
[ㄉㄧˊ ㄧㄚ 日ㄝˋ]
腹瀉

darah tinggi
[ㄉㄚ 日ㄚˋ]
[ㄉㄧㄥˋ ㄍㄧˋ]
高血壓

星期日
Hari Minggu

kencing manis
[ㄍㄣ ㄐㄧㄥˋ][ㄇㄚ ㄋㄧㄥˋ]
糖尿病

kanker
[ㄍㄋˋ ㄍㄜㄖˋ]
癌症

asam urat
[ㄚ ㄙㄚㄇˋ][ㄨ ㄖㄚㄊˋ]
尿酸

MP3-82
❷ 印尼語中看病時常用的句子

gejala
[ㄍㄜ ㄓㄚ ㄌㄚˋ]
症狀

muntah
[ㄇㄨㄣ ㄉㄚˋ]
嘔吐

pusing
[ㄅㄨ ㄒㄧㄥˋ]
頭暈

sakit kepala
[ㄙㄚ ㄍㄧㄊˋ][ㄍㄜ ㄅㄚ ㄌㄚˋ]
頭疼

sakit gigi
[ㄙㄚ ㄍㄧㄊˋ][ㄍㄧ ㄍㄧˋ]
牙齒疼

sakit perut
[ㄙㄚ ㄍㄧㄊˋ][ㄅㄜˊ ㄖㄨㄊˋ]
腹痛

perut kembung
[ㄅㄜ ㄖㄨㄊˋ][ㄍㄜㄇ ㄅㄨㄥˋ]
脹氣

masuk angin
[ㄇㄚ ㄙㄨㄎˋ][ㄚ ㄥㄧㄣˋ]
風寒

keracunan makanan
[ㄍㄜ ㄖㄚ ㄗㄨ ㄋㄢˋ][ㄇㄚ ㄍㄚ ㄋㄢˋ]
食物中毒

selera makan
[ㄙㄜ ㄌㄝ ㄖㄚˋ][ㄇㄚ ㄍㄢˋ]
食慾

星期日

星期日
Hari Minggu

cepat sembuh
[ㄗㄜ ㄅㄚㄤˋ][ㄙㄜㄇ ㄅㄨˋ]
早日康復

sesuai dengan resep dokter
[ㄙㄜˊ ㄙㄨ ㄞˋ][ㄉㄜˊ ㄥㄢˋ]
[ㄖㄜ ㄙㄝㄅˋ][ㄉㄛㄎˋ ㄉㄜㄖˋ]
按照醫生處方

tiga kali sehari
[ㄉㄧ ㄍㄚˋ][ㄍㄚ ㄉㄧˋ][ㄙㄜ ㄏㄚ ㄖㄧˋ]
三次一天（一日三次）

setelah makan 或 sesudah makan
[ㄙㄜ ㄉㄜ ㄉㄚˋ][ㄇㄚ ㄍㄢˋ] 或
[ㄙㄜ ㄙㄨ ㄉㄚˋ][ㄇㄚ ㄍㄢˋ]
飯後

sebelum makan
[ㄙㄜ ㄅㄜ ㄉㄨㄇˋ][ㄇㄚ ㄍㄢˋ]
飯前

banyak istirahat
[ㄅㄚ ㄋㄧㄚㄎˋ][ㄧㄙ ㄉㄧ ㄖㄚ ㄏㄚㄤˋ]
多休息

③ 開口對話看看吧！

Dokter：Selamat siang!

[ㄉㄛㄎˋ ㄉㄜㄖˋ]：[ㄙㄜ ㄌㄚ ㄇㄚㄤˋ][ㄒㄧ ㄧㄤˋ]！

醫生：午安！

Lisa：Selamat siang, Dok! Sejak kemarin saya muntah, sakit kepala dan tidak ada selera makan.

[ㄌㄧ ㄙㄚˋ]：[ㄙㄜ ㄌㄚ ㄇㄚㄤˋ][ㄒㄧ ㄧㄤˋ]，[ㄉㄛㄎˋ]！
[ㄙㄜˊ ㄓㄚㄎˋ][ㄍㄜˊ ㄇㄚ ㄖㄧㄣˋ][ㄙㄚ ㄧㄚˋ][ㄇㄨㄣ ㄉㄚˋ]，
[ㄙㄚ ㄍㄧㄠˋ][ㄍㄜ ㄅㄨ ㄌㄚˋ][ㄉㄢˋ][ㄉㄧ ㄉㄚㄎˋ][ㄚ ㄉㄚˋ]
[ㄙㄜˊ ㄌㄜ ㄖㄚˋ][ㄇㄚ ㄍㄢˋ]。

麗莎：午安，醫生！我從昨天開始嘔吐，頭疼以及沒有食慾。

Dokter：Anda sudah muntah berapa kali?

[ㄉㄛㄎˋ ㄉㄜㄖˋ]：[ㄋˋ ㄉㄚˋ][ㄙㄨ ㄉㄚˋ][ㄇㄨㄣ ㄉㄚˋ]
[ㄅㄜˊ ㄖㄚ ㄅㄣˋ][ㄍㄚ ㄌㄧˋ]？

醫生：您嘔吐幾次了？

Lisa：Lima kali, Dok.

[ㄌㄧ ㄙㄚˋ]：[ㄌㄧ ㄇㄚˋ][ㄍㄚ ㄌㄧˋ]，[ㄉㄛㄎˋ]。

麗莎：5次，醫生。

星期日
Hari Minggu

Dokter：**Coba saya periksa. Anda keracunan makanan. Ini obatnya, makan sesuai dengan resep dokter.**
[ㄉㄛㄎˋ ㄉㄜㄖˋ]：[ㄗㄛ ㄅㄚˋ][ㄙㄚ ㄧㄚˋ][ㄅㄜˊ ㄖㄧㄣˋ ㄙㄚˋ].
[ㄋˋ ㄉㄚˋ][ㄍㄜˊ ㄖㄚˊ ㄗㄨ ㄋㄢˋ][ㄇㄚˊ ㄍㄚ ㄋㄢˋ].
[ㄧ ㄋㄧˋ][ㄛ ㄅㄚˋ ㄅㄧㄚˋ]，[ㄇㄚ ㄍㄢˋ][ㄙㄜˊ ㄙㄨ ㄞˋ]
[ㄉㄜˊ ㄥㄢˋ][ㄖㄜ ㄙㄝㄅˋ][ㄉㄛㄎˋ ㄉㄜㄖˋ].

醫生：我來檢查。您是食物中毒。這是藥，請按照醫生處方使用。

Lisa：**Baik, Dok. Terima kasih.**
[ㄌㄧ ㄙㄚˋ]：[ㄅㄚ ㄧㄋˋ]，[ㄉㄛㄎˋ].
[ㄉㄜ ㄖㄧ ㄇㄚˋ][ㄍㄚ ㄒㄧˋ].

麗莎：好，醫生。謝謝。

Dokter：**Sama-sama. Semoga cepat sembuh.**
[ㄉㄛㄎˋ ㄉㄜㄖˋ]：[ㄙㄚˊ ㄇㄚˋ][ㄙㄚˊ ㄇㄚˋ].
[ㄙㄜˊ ㄇㄛ ㄍㄚˋ][ㄗㄜ ㄅㄚˋ][ㄙㄜㄇ ㄅㄨˋ].

醫生：彼此彼此。希望早日康復。

194

4. 我喜歡～（興趣） 🔊 MP3-84

❶ 生什麼病？

Saya suka berenang.
[ㄙㄚ ㄧㄚˋ][ㄙㄨ ㄍㄚˋ][ㄅㄜˊ ㄖㄜˊ ㄋㄤˋ]。
我喜歡游泳。

※ 注意！
「suka」這個字，意思可以是喜歡或愛，跟英文的「like」一樣的意思。「suka」也可以是說興趣。

> 請把以下的單字套進例句中的**標色字**位置，開口說說看吧！

kasti
[ㄍㄚㄙˋ ㄉㄧˋ]
棒球

basket
[ㄅㄚㄙˋ ㄍㄝㄊˋ]
籃球

menulis
[ㄇㄜˊ ㄋㄨ ㄉㄧㄙˋ]
寫作

memasak
[ㄇㄜˊ ㄇㄚ ㄙㄚㄎˋ]
烹飪

rekreasi
[ㄖㄝㄎˋ ㄖㄝˊ ㄚ ㄒㄧˋ]
出遊

voli
[ㄈㄛ ㄉㄧˋ]
排球

makan
[ㄇㄚ ㄍㄢˋ]
吃

星期日

星期日
Hari Minggu

🔊 MP3-85

❷ 開口對話看看吧！

Ali： Hai, Tini! Apa kabar?

[Ｙ ㄉㄧˋ]：[ㄏㄞˋ]，[ㄉㄧ ㄋㄧˋ]！[Ｙ ㄅㄚˋ][ㄍㄚ ㄅㄚㄖˋ]？

阿里：嗨，蒂妮！你好嗎？

Tini： Hai, Ali! Baik! Kamu?

[ㄉㄧ ㄋㄧˋ]：[ㄏㄞˋ]，[Ｙ ㄉㄧˋ]！[ㄅㄚ ㄧㄅˋ]！[ㄍㄚ ㄇㄨˊ]？

蒂妮：嗨，阿里！好啊！你呢？

Ali： Baik. Mau ke mana?

[Ｙ ㄉㄧˋ]：[ㄅㄚ ㄧㄅˋ]。[ㄇㄠˋ][ㄍㄜˊ][ㄇㄚ ㄋㄚˊ]？

阿里：很好。你要去哪裡？

Tini： Mau ke kolam renang. Saya suka berenang. Mau ikut?

[ㄉㄧ ㄋㄧˋ]：[ㄇㄠˋ][ㄍㄜˊ][ㄍㄛ ㄌㄚㄇˋ][ㄖㄜˊ ㄋㄤˋ]。
[ㄙㄚ ㄧㄚˋ][ㄙㄨ ㄍㄚˋ][ㄅㄜˊ ㄖㄜˊ ㄋㄤˋ]。
[ㄇㄠˋ][ㄧ ㄍㄨㄤˊ]？

蒂妮：我要去游泳池。我喜歡游泳。你要一起去嗎？

Ali： Tidak, terima kasih. Saya tidak suka berenang, saya takut air. Saya suka basket.

[Ｙ ㄉㄧˋ]：[ㄉㄧ ㄉㄚㄅˋ]，[ㄉㄜ ㄖ ㄇㄚˋ][ㄍㄚ ㄒㄧˋ]。
[ㄙㄚ ㄧㄚˋ][ㄉㄧ ㄉㄚㄅˋ][ㄙㄨ ㄍㄚˋ][ㄅㄜˊ ㄖㄜˊ ㄋㄤˋ]，

[ㄙㄚ ㄧㄚˋ][ㄉㄚ ㄍㄨㄤˋ][ㄚ ㄧㄖˋ]。
[ㄙㄚ ㄧㄚˋ][ㄙㄨ ㄍㄚˋ][ㄅㄤˋ ㄍㄝㄊˋ]。

阿里：不，謝謝。我不喜歡游泳，我怕水。我喜歡籃球。

Tini：Oh, begitu! Baiklah! Saya berenang dulu ya.

[ㄉㄧ ㄋㄧˋ]：[ㄛˋ]，[ㄅㄜˊ ㄍㄧ ㄉㄨˋ]！[ㄅㄚ ㄧㄣˋ ㄉㄚˋ]！
[ㄙㄚ ㄧㄚˋ][ㄅㄜˊ ㄖㄜˊ ㄋㄤˋ][ㄉㄨ ㄉㄨˋ][ㄧㄚˊ]。

蒂妮：喔，那樣子！好吧！我先去游泳喔。

Ali：Baik. Sampai jumpa.

[ㄚ ㄉㄧˋ]：[ㄅㄚ ㄧㄣˋ]。[ㄙㄚㄇˋ ㄅㄞˋ][ㄓㄨㄇˋ ㄅㄚˋ]。

阿里：好。再見。

Tini：Sampai jumpa.

[ㄉㄧ ㄋㄧˋ]：[ㄙㄚㄇˋ ㄅㄞˋ][ㄓㄨㄇˋ ㄅㄚˋ]。

蒂妮：再見。

※ 有關興趣的相關詞彙

kolam renang	游泳池
ikut	跟著
tidak suka	不喜歡
takut	害怕
oh, begitu	喔，那樣子

認識印尼
Mengenal Indonesia

印尼的觀光景點

　　豐富的大自然與多姿多彩的文化，是印尼觀光最吸引人的地方。美麗的峇里島（Pulau Bali）、布納肯島（Pulau Bunaken）是著名的潛水勝地，而東爪哇的婆羅摩火山（Gunung Bromo）、多巴湖（Danau Toba）、蘇門答臘島境內的數個國家公園，則是印尼境內的主要旅遊景點。

　　印尼多樣的大自然景點不僅為其文化遺產增添不少色彩，同時也反映了印尼歷史與族群的多元性，其中之一就是在印尼群島內通行的 719 種地方語言。

　　古老的普蘭巴南（Prambanan）和婆羅浮屠（Borobudur）寺廟；托拉雅族（Toraja）所在的蘇拉威西島、民南卡包族（Minangkabau）所在的西蘇門答臘、日惹（Yogyakarta）和峇里島，都是印尼節日慶典時舉行儀式的地點，同時也開放給觀光客參觀，讓他們能夠了解當地文化。

　　蘇門答臘和爪哇更是旅客喜愛觀光的地方，世上最長的海岸線之一也在這裡，此海岸線長達 54,716 公里。印尼的海灘如峇里島、龍目島（Lombok）、民當島（Bintan）和尼亞斯島（Nias）等，都是外國觀光客最愛的旅遊景點。

　　徜徉在印尼的大自然環境下可以進行豐富的觀光活動，如潛水、衝浪、參觀國家公園、登火山、文化之旅、參觀古老的廟宇以及嘗試美食，享受印尼最多樣的面貌。

位在中爪哇省的佛寺婆羅浮屠寺廟

位於東爪哇省上的婆羅摩火山

星期日

Sampai jumpa.
[ㄙㄚㄇˋ ㄅㄞˋ]
[ㄓㄨㄇˋ ㄅㄚˋ]
再見。

附錄

Lampiran

自我練習
解答

附錄
Lampiran

星期一
Hari Senin

II. 聽力練習─請把聽到的單字寫出來

1. kemarau　乾季
2. besar　　大
3. obat　　　藥
4. toko　　　店鋪
5. kakak　　哥哥、姐姐
6. koboi　　牛仔
7. ibu　　　媽媽、女士
8. sampai　　到達、至
9. biru　　　藍色
10. umur　　年齡

III. 單詞練習─連連看

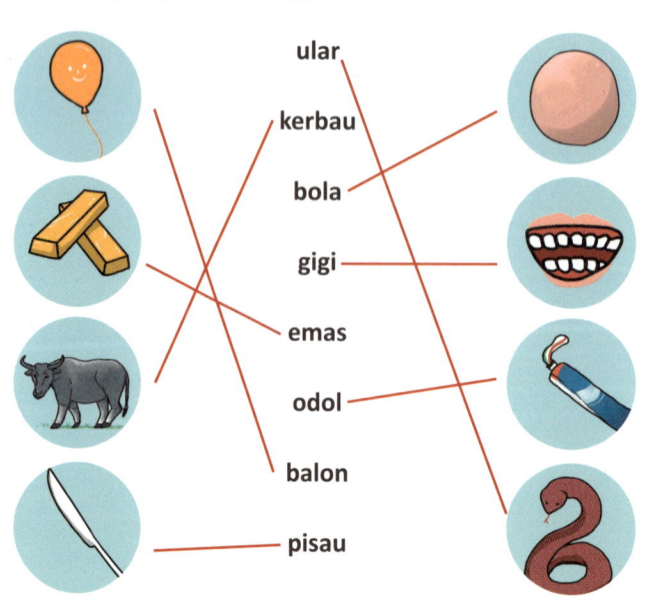

ular

kerbau

bola

gigi

emas

odol

balon

pisau

星期二
Hari Selasa

II. 聽力練習─請把聽到的單字寫出來

1. koran 報紙
2. cepat 快速
3. kaya 富有
4. tahun 年
5. tolong 救命、請幫忙
6. suka 喜歡
7. sehat 健康
8. sibuk 忙
9. pergi 去
10. pulang 回家

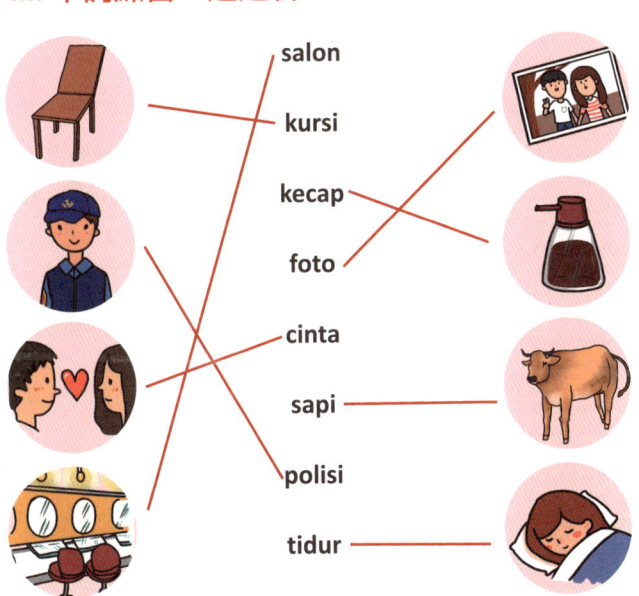

III. 單詞練習─連連看

salon

kursi

kecap

foto

cinta

sapi

polisi

tidur

附錄
Lampiran

星期三 Hari Rabu

II. 聽力練習─請把聽到的單字寫出來

1. bulan　　月亮
2. durian　　榴槤
3. gereja　　教會
4. jodoh　　緣份
5. visa　　簽證
6. jembatan　橋
7. jalan　　路、行走
8. vas　　花瓶
9. zaman　　時代
10. bola　　球

III. 單詞練習─連連看

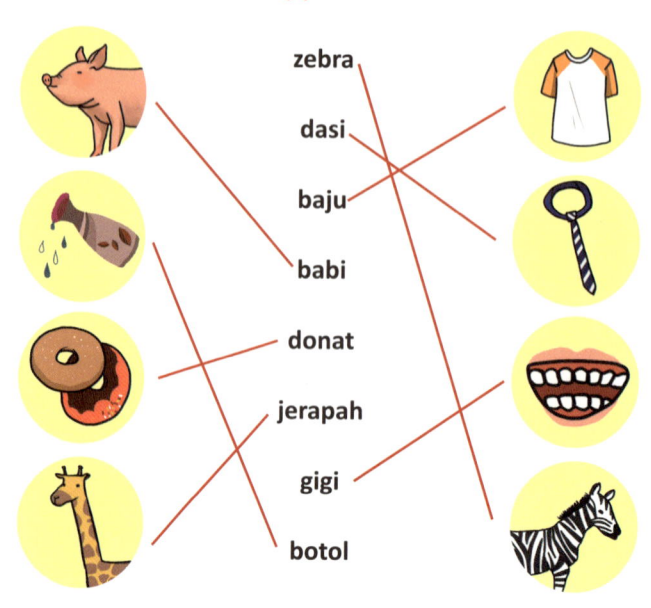

zebra

dasi

baju

babi

donat

jerapah

gigi

botol

星期四
Hari Kamis

II. 聽力練習―請把聽到的單字寫出來

1. monyet　　猴子
2. minggu　　週、星期日
3. waspada　　警覺
4. mewah　　豪華
5. minum　　喝
6. nasi　　飯
7. makan　　吃
8. ayah　　父親
9. yoga　　瑜珈
10. menikah　結婚

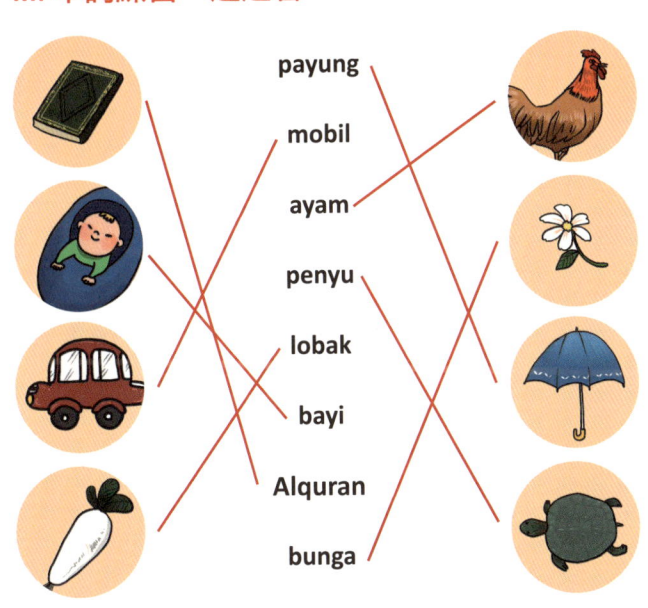

III. 單詞練習―連連看

payung

mobil

ayam

penyu

lobak

bayi

Alquran

bunga

附錄
Lampiran

星期五 Hari Jumat

練習一下！

1. ayah　　　　　　　　父親
2. anak perempuan　　　女兒
3. kakek　　　　　　　　外公
4. anak laki-laki　　　　兒子
5. anak perempuan　　　女兒
6. cucu laki-laki　　　　孫子
7. bibi　　　　　　　　阿姨
8. sepupu laki-laki　　　表哥、表弟
9. keponakan laki-laki　侄子
10. adik perempuan　　　妹妹

峇里島美麗的日落

國家圖書館出版品預行編目資料

信不信由你，一週開口說印尼語！新版 /
許婉琪（Molis Hoei）著
-- 修訂初版 -- 臺北市：瑞蘭國際, 2025.04
208 面；17×23 公分 --（繽紛外語系列；141）
ISBN：978-626-7629-20-8（平裝）
1. CST：印尼語 2. CST：讀本

803.9118　　　　　　　　　　　114001892

繽紛外語系列 141

信不信由你，
一週開口說印尼語！新版

作者｜許婉琪（Molis Hoei）
責任編輯｜潘治婷、王愿琦
校對｜許婉琪、潘治婷、王愿琦

印尼語錄音｜黃聖良、吳君儀
錄音室｜純粹錄音後製有限公司
視覺設計｜劉麗雪
美術插畫｜Syuan Ho
地圖繪製｜余佳憓

瑞蘭國際出版

董事長｜張暖彗・社長兼總編輯｜王愿琦
編輯部
副總編輯｜葉仲芸・主編｜潘治婷・文字編輯｜劉欣平
設計部主任｜陳如琪
業務部
經理｜楊米琪・主任｜林湲洵・組長｜張毓庭

出版社｜瑞蘭國際有限公司・地址｜台北市大安區安和路一段 104 號 7 樓之 1
電話｜(02)2700-4625・傳真｜(02)2700-4622・訂購專線｜(02)2700-4625
劃撥帳號｜19914152 瑞蘭國際有限公司
瑞蘭國際網路書城｜www.genki-japan.com.tw

法律顧問｜海灣國際法律事務所　呂錦峯律師

總經銷｜聯合發行股份有限公司・電話｜(02)2917-8022、2917-8042
傳真｜(02)2915-6275、2915-7212・印刷｜科億印刷股份有限公司
出版日期｜2025 年 04 月初版 1 刷・定價｜480 元・ISBN｜978-626-7629-20-8

◎版權所有・翻印必究
◎本書如有缺頁、破損、裝訂錯誤，請寄回本公司更換
PRINTED WITH SOY INK　本書採用環保大豆油墨印製